Kaufbeurer Heftchen II

**Vier Jugendbuch-Geschichten mit Malbildern
von Ralf Walk**

Kaufbeurer

Heftchen II

*Bibliografische Information der Deutschen
Nationalbibliothek: Die Deutsche Nationalbibliothek
verzeichnet diese Publikation in der Deutschen
Nationalbibliografie; detaillierte bibliografische Daten sind
im Internet über dnb.dnb.de abrufbar.*

© 2022 Ralf Walk

Herstellung und Verlag: BoD – Books on Demand,
Norderstedt"

ISBN: 978-3-7568-2600-1

Seitenüberblick:

Buch-Widmung:

Dank an C. Hoch. Ebenfalls an Sie als reader. Ihr gebt mir unterstützende Kraft, damit mein Traum vom selbständigen Autorenleben wahr wird. Danke für Ihren Buchkauf. Herzlicher Dank gilt Ärzten – für meine Genesung. Über fünfundzwanzig lebenserhaltende Operationen. Drei Mal Wiederbelebung nach Unfall-Traumata-Depression und Kolik-Attacken.
– Guck, jetzt kann ich wieder arbeiten. Yeah! Vielen, vielen und nochmals vielen Dank an die Lebensretter. Vergelte dies Ihnen Gott.
Unser System gab mir einen Segen mit, dessen aufpeppelnde Hilfe ich bei mir im Herzen bewahre; eine Power, die mich durch schwierige Zeiten trägt. Danke an meine leiblichen Eltern und die Bürgerinnen und Bürger aus meiner alten Heimatstadt Munderkingen. Dank an die Institution Wohnen und Fördern in meiner bayrischen Heimatstadt; an die Kaufbeurer Bürger*innen. Ein Dank an alle meine lieben Fans. Dank an meine Lektorin Ingeborg von Rumohr.
Bei Auftragsarbeit erreichen Sie mich über den Verlag BoD GmbH. Bitte achten Sie darauf, dass Ihr Brief bei mir durchkommt.

Halten Sie mir als Leser Ihre Treue;
ich mich dann darüber freue;
Damit es meine Jugendbücher gibt – neue.
Buchautor sagt Ihnen:

„Bis bald", Ihr Ralf Walk.

Vorwort zum Taschenbuch:

Kurzgeschichten für abends oder zwischendrin. Zum Vorlesen. – Ein Geschichtenbuch. Für die kleinen – und großen Kinder. Als Weihnachtsgeschenk oder als Freizeitbuch. Wahlweise somit als Taschenbuch oder E-Book im Handel erhältlich. Ich will Sie als Leser*in und Käufer*in im Buch geistig unterhalten.

Ich, der Autor, habe es nicht einfach im Leben. Habe zwei Schwerbehinderungen. Zieht mich raus. Helft mir. Um meinen Traum von Familie und finanzieller autonomer Selbständigkeit zu verwirklichen. Habe kostenintensive Prothesen in vierstelliger Höhe. – Wann wird meine Welt wieder normal. Ich will über hundert werden, ich gebe nicht so schnell auf. Mein Leben ist schön. Manchmal spinne ich ein wenig, doch ich mache alles richtig. Ich bin super.

Als belesener und gereister Bürger will ich stets als vorbildlich und freundlich wahrgenommen werden. Meine Person hat keine Feinde auf Erden; nur Freunde und Gönner.

Danke im Voraus für Ihren Kauf. Ihre Anfrage auf weitere Möglichkeiten; Auf eine gute gemeinsame Arbeit; z. B.: Hörspiel. Kurzfilm. Fernsehspiel. Theater-Projekt. Gerne bin ich im positiven Gespräch – in den sozialen Medien. Freue mich über jeden korrekten digitalen Beitrag in Ihrem Media-Channel, der mich unterstützt. Home-Office-Aufträge nehme ich gerne von Ihnen an. Sie wollen zu mir loyal sein, dann sprechen Sie mir Glück und Segen – auf mich drauf. Freue mich auf Ihre Fan-Post. Schlumpfige Grüße aus Kaufbeuren,

Schriftsteller

Ralf Walk

Im Jahr 1981 hat Bernhard Schmid, in Schwab-München/ Bayern, die Welt erblickt. - Er hat eine Brot und Butter Arbeit erlernt. Schlosser. Erster Arbeitsmarkt. Er ist daher zugleich auch eine bodenständige Künstlerperson. Ich habe noch nicht herausgefunden, wofür er funktioniert; und wobei er mehr aufblüht. Beruf oder Kunst. Routine oder Selbstentfaltung. Ich Behaupte: "Bestimmt Beides", dann denke ich und sage mit spontaner Körpersprache: "...hmm...." und reibe mein Kinn gedankenversunken. Um eine Antwort zu erhaschen....

Ich Buchautor, habe ihn im Wohnvirtel kennen gelernt; Ich habe gleich realisiert, dass er mein Buch illustriert. Ohne seine Bilder vorab zu sehen, forderte ich: "Zusammenarbeit" ... Das ist wahr.

Redensartliches Seilziehen mit Herr Schmid und mir. In gute Richtung ziehen; mit gemeinsame Schritte zur Publikums-Leser-Bühnenseite. Ich denke: "Die Buch lässt ihn begeistern.

Für unsere Book-Task, beidseitige Freiheitsfrieden und Freundschaftsfreude.

Ich behaupte: "Wir schaffen noch weitere Pictures;... noch weitere Geschichten im dritten Buch. Mit ihm als Bildmaler und mit mir als Textautor.. Yeah.

Vielen Dank für Ihr Lesen und Ihr Vorlesen,

Buchautor: Ralf Walk

Buchbildermaler: Bernhard Schmid

Komm,
Papa helfen

Untertitel: Das-dumme-Kuh-Kostüm

Handlungsfiguren-Namensliste:

1. Papa Königskerze
2. Lady saurer Apfel
3. Königin Contenance
4. Dandy Workaholic
5. Lady Schnatterente
6. Dumme-Kuh-Kostüm
7. Ich-bin-ein-Hippie-Kostüm
8. Partner und Mitarbeiter

Königin Contenance

Dandy Workaholic

Kapitel 1: Komm, Papa helfen

Morgens in der Firma. „Hallo ihr Lieben", grüßt Papa Königskerze. – Seine Anrede an die versammelten Familienbetrieb-Mitglieder: „Ihr habt individuell je eine neue Arbeitsmappe erhalten. Die neue Aufgabe findet ihr auf dem Arbeitstisch vor euch liegen."

Dandy Workaholic: „Ich bin doch noch nicht mal mit der alten Mappe durch ...", und Dandy Workaholic schaut mit Kopfkissen-Abdrücken über seine Kaffeetasse hinweg. Und Dandy zählt nachdenklich mit: „Erste heiße Zitrone. Zweite Tasse mit heißer Schokolade. Dritte schwarzer Tee; vierte Tasse Getreidekaffee, fünfte Tasse Cappuccino ... ich bin nun bei der siebten Tasse angelangt ... ich habe es bald raus ... Es ist ja auch schon bald Mittag ..."

Dandy Workaholic ist genervt über seine Müdigkeit und lässt seinen morgendlichen Frust bei anderen raus und behauptet: „Jammere nicht so herum wie ein bockiger Esel vor einer Stalltüre", so Dandy Workaholic zu Lady Schnatterente. Doch sie reagiert nicht auf ihn ...

„Schwester saurer Apfel: Du könntest schon lange damit fertig sein", foppt Dandy Workaholic nun seine Schwester Lady saurer Apfel, als er von Lady Schnatterente keine Antwort erhält.

Papa Königskerze setzt sich auf seinen Bürostuhl und meint: „Ich will nicht, dass ihr kleckst. Strengt euch an. Für die Beantwortung eurer Fragen habe ich stets Zeit. Fragt bei mir nach, wenn ihr über eine Aufgabe verunsichert seid."

Lady saurer Apfel äußert sich zu Papa: „Guck, wie du es einmal gesagt hast. ... alles nur geduldiges Papier." Lady saurer Apfel fokussiert ihre geistige Aufmerksamkeit nach vorn.

Königin Contenance meint: „Dieser Spruch könnte von mir selbst stammen."

Papa Königskerze sagt: „Wir meistern die alte Aufgabe schon zusammen ... – goldfarben ist unsere Medaille. Ein Zielband als unser Richtungspunkt. Ich sage: Schaff. Mach." Diese Lösungssicherheit haben alle von ihm verstanden. Ganz nach dem Motto: Hep. Auf. Los. – Dann gut.

Es ist Faschingszeit. So ist es nicht verwunderlich, dass Königin Contenance ein Verkleidungsstück mit in der Postsache erhalten hat. Ein Dumme-Kuh-Kostüm.

So eingetroffen in einem Versandkarton. Ein Werbegeschenk eines Kunden. Ein Dank für ihre berufliche Zusammenarbeit. Auf einer beigelegten Grußkarte steht geschrieben: „Kleine Geschenke erhalten die Freundschaft. Danke."

Ein schlichtes Abendkleid wäre völlig anders verpackt und nicht so originell lustig wie dieses Kleidungsteil. Lady saurer Apfel hebt für alle sichtbar das Kostüm vor sich hin: „Und das ist ein exklusives verpacktes Kleid mit einem besonderen Etwas. Das hat was", so schaut Lady saurer Apfel mit einer enttäuschten Blickgestik hinter dem Dumme-Kuh-Kostüm hervor ...

„Das kannst du knicken und vergessen. Das aus zwei Gründen", und Lady saurer Apfel verhandelt mit Dandy Workaholic: „Das bekommst du nicht zum Ankleiden."

Lady saurer Apfel behauptet weiter: „Wir haben keine Zeit, Fasching zu feiern. Zweitens: Dieses Kostüm würde ich ebenso selbst nicht freiwillig tragen. – Wir sind wohl aus dem Allgäu; hier bei den grasenden Kühen. Aber ich muss doch rhetorisch nachfragen: Wo sind wir denn!"

„Ich denke, du, Dandy Workaholic, spinnst gerade ein wenig", so saurer Apfel. Daraufhin Dandy Workaholic: „Es wird sich bei uns nie ein passender Zeitpunkt ergeben, um das Kostüm öffentlich zu tragen. Nicht mal in hundert Jahren."

Lady Schnatterente prüfend: „Wir haben nur keine Zeit dafür."

Saurer Apfel sagt: „Stimmt. Ich will es auch nicht tragen ... aber lasse uns dieses Faschingskostüm als Dank unserer Zusammenarbeit doch erst mal in Ruhe betrachten ..."

Lady Schnatterente macht sich daran, die Kostüm-Verpackungsfolie zu öffnen. Und packt es ganz aus: „Ohhh. Was ist denn das für ein einzigartiges Verkleidungsstück. Auf dem

Echtheit-Siegel des Kostüms steht geschrieben: Es ist ein wahres ... Dumme-Kuh-Kostüm. Treffer."

Alle Aufmerksamkeit des Teams richtet sich auf das geschenkte Kleidungsstück im vorliegenden Versandkarton. Lady Schnatterente hält es erneut mit ihren ausgestreckten Armen in die Mitte der belustigten Runde. Weiße Grundfarbe mit braunen Flecken. Dazu eine Kappe mit Ohren-, Nase- und Mundmaske.

Lady saurer Apfel behauptet: „Das Gewand reicht einem Erwachsenen knapp unter die Gürtellinie. Ein lockeres Kleidungsstück. Es ist nicht geschlechtsspezifisch geschnitten."

Das Kostüm glitzert magisch, in den ersten Sekunden, als es aus der Schutzplastik-Verpackung herausgenommen wird:

„Pringl ... Tusch ... Zafftoff.
Eine magische Zauberei in der Luft."

Wie ein transparentes Glitzertuch, das sich in die Luft verflüchtigt. Lady Schnatterente kommentiert: „Was war denn das? Zauberhaft. Habt ihr dies auch wahrgenommen ... und wie es duftet. Riecht ihr das auch in euren Nasen. Bohh? Bin erstaunt."

Dazu dem Paket beigelegt: Fünfzehn Eintrittskarten für einen Faschingsball in der naheliegenden Großstadt. Doch die feiernden Gäste dort warten dann umsonst auf die Erscheinung von Papa Königskerze und seiner Familie. Und zu weit zu fahren ...

Dandy Workaholic ergänzt: „Die Spatzen pfeifen es schon von den Dächern. Es ist wahr. Wir fahren nicht, und ich betone, nicht zum Faschingsball dort hin."

Das haben ihre großzügigen Kunden mit den geschenkten Eintrittskarten verstanden. Somit wandern die Papiereintrittskarten in ein Briefkuvert und Dandy Workaholic sendet sie mit Dank zurück. Mit dem Kommentar: „Dass sie nicht verfallen. Ein anderer soll sie bekommen und nützen ..."

Sodann, die Kinder von Papa Königskerze machen sich wieder an die alltägliche Arbeit mit ihrem Familien- Unternehmen. Ganz nach dem Motto: Hast du schon mal versucht, selbständig zehn Euro zu verdienen?

Der arbeitswillige Dandy Workaholic wagt einen Blick, eine noch zögernde willentliche Geste. Die vorgearbeitete Arbeitsmappe vom organisierenden Papa Königskerze ist an der Reihe. Diese liegt in der persönlichen Ablage vom fleißigen Dandy Workaholic. Er liest sie sich leise vor:

„Lieber Dandy Workaholic. Dass du dir stets die eigene moderne Kleidung, schmackhafte Köstlichkeit zu den Mahlzeiten; du dir später auch ein Heim mit Familie leisten kannst ... befolge und arbeitest du bitte diese vorbereitete Aufgabenstellung nun sorgfältig ab."

„Ich weiß, dass ich mich wieder an die Arbeit machen muss", brummelt Dandy Workaholic vor sich hin.

Mittlerweile ereignet sich Folgendes. Es ist schon geschehen. – Kaum hat Dandy sich beinahe beklagt, hat er ein Dumme-Kuh-Kostüm am Körper. Ein Kostüm wie das vom Geschäftskunden an seine Familie verschickte. So wie dieses aus dem Versandkarton, das heute angekommen ist.

Kapitel 2: Komm, Papa helfen

Der verwunderten Lady Schnatterente steht der Mund offen: „Was ist gerade unserem Bruder Dandy Workaholic geschehen?"

„Da. Unser Kostüm ist weg", beklagt sich die aufgeräumte Lady saurer Apfel. Es lag noch zusammengefaltet vor mir im Versandkarton. Schaut: Und nun hat Dandy Workaholic plötzlich ... ein gleiches oder gar dasselbe Faschingskostüm an ... Ich bin mir sicher. Das ist dasselbe ...?"

Die staunenden Augen der Angestellten im Familienbetrieb stehen weit geöffnet. Unverständnis macht sich breit. Die Blicke kreisen wie eine Motte um das Licht; und somit bestaunen sie den verkleideten Dandy Workaholic. Dort: Das Dumme-Kuh-Kostüm. Die Ladies fokussieren den verkleideten Dandy

Workaholic. In der Runde wird nicht mal mit den Augenlidern geblinzelt. Erstaunen. Spannung.

Die aufklärerische Lady Schnatterente schildert, beobachtet und meint dazu: „Das kläre ich gleich auf. Es ist dasselbe Dumme-Kuh-Kostüm: das aus der Verpackung; und das Dandy Workaholic jetzt im Moment trägt. Ich weiß, er hat es sich nicht selbst angezogen."

Die genervte ordentliche Lady saurer Apfel meint: „Ich kann das Dumme-Kuh-Kostüm jetzt schon nicht mehr leiden. Ich habe es nun satt. – Will es zudem aber auch nie tragen müssen. Schau nur, wie komisch Dandy Workaholic mit dem Dumme-Kuh-Kostüm aussieht; gar blöd uns aus seiner Wäsche anguckt ..."

Die zurückhaltende Lady Schnatterente stellt überrascht fest und sagt: „Jetzt ist das Dumme-Kuh-Kostüm eine Person weiter ..."

Dany Workaholic ist in Erklärungsnöten und behauptet: „Ich habe mir das Faschingskostüm selbst zuvor nicht angezogen. Das Kostüm war plötzlich in Sekundenschnelle an meinem Oberkörper ..."

Königin Contenance kann sich gerade noch ihr spöttisch kommentierendes Lachen verkneifen.

Lady Schnatterente klärt weiter auf: „Ich betrachte mich jetzt mal selbst im Spiegel an der Wand". Etwas ungläubig spricht Lady Schnatterente zu ihrem Spiegelbild: „Was ... ich trage auch ein zweites Dumme-Kuh-Kostüm? Das darf nicht wahr sein."

Papa Königskerze stößt gerade zur aufgebrachten Gruppe hinzu. Und im Vorbeigehen äußert er auffordernd: „Komm, macht euch wieder an die Arbeitsmappen. Wir sind hier nicht auf einem Schulklassen-Ausflug. Wo der Klassenclown meint, alle mit Witzen lauthals unterhalten zu müssen ..."

„Ja, aber ... o. k., ich weiß es jetzt ...", so Lady saurer Apfel und setzt sich auch mit ihrem Dumme-Kuh-Kostüm auf ihren Platz am Arbeitstisch.

„Die Neuigkeit will doch keiner wissen", und der beleidigte Dandy Workaholic schnauft und seufzt dabei schwer. Ein wenig aus Selbstmitleid. Andererseits findet er es aber auch unterhaltsam: „Schaut, wie ihr jetzt dasitzt", sagt er zu seinen zwei Schwestern rüber.

Die gefasste Lady saurer Apfel sagt: „Papa, du hast recht ... Ihr habt unseren Papa gehört. An die Arbeit. Lasst das Dumme-Kuh-Kostüm und dessen Zauber jetzt bitte ruhen."

Lady Schnatterente ist irritiert und meint: „Hört bitte auf, dem Faschingskostüm hinterherzujagen. Beachtet es einfach nicht, dann wird es sich sowieso wieder in Luft auflösen." Sie legt das Dumme-Kuh-Kostüm zusammen und ordentlich wieder zurück in die Verpackung. Die Geschwister haben ihre morgendliche Kleidung sichtbar wieder am Körper ...

Kapitel 3: Komm, Papa helfen

Am nächsten Arbeitstag. „So, das ist unser geliebter und geschätzter Familienbetrieb. Alle Familienmitglieder sind beisammen. Jeder an seinem Arbeitstisch", stellt der fleißige Papa Königskerze fest und sagt weiter: „Erstens: Lasst euch nicht von Kleinigkeiten hinreißen.

Zweitens: Noch euch dabei aufhalten. Wie ein zögernder Windhund bei einem Wettrennen", so Papa Königskerze.

Seine Königin Contenance ergänzt: „Ich sage es jetzt und gleich korrekt: Ihr kennt den Spruch: Erst die Arbeit, dann das Vergnügen. So wird Geld in Umlauf gehalten: Das ist ein Leitsatz. Gemäß einem unternehmerisch denkenden Geschäftsmann."

„Du hast gut bei mir aufgepasst, liebe Ehefrau", so Papa Königskerze zu ihr und meint hinzu: „Auf. Jetzt. Macht nicht so viel Quatsch. Ich will Leistung hinter eurem Tun erkennen können. Keine Intrigen. Und keine Streiche spielen. Wir sind ab jetzt ein Team", so Papa Königskerze weiter.

Lady Schnatterente sagt: „Aber, das Dumme-Kuh-Kostüm ...", und Papa unterbricht sie; betont seine Worte und mischt sich ein: „Davon will ich jetzt gerade nichts wissen. LEISTUNG zeigen. Schafft jetzt."

Lady Schnatterente bremst ihre Sichtweise auf die Wichtigkeit des Moments: „O. k." „Treffer."

Lady saurer Apfel erkennend: „O. k. Wir stressen uns nicht gegenseitig an. Es soll niemand vor aufgab an die obige heilige Türe klopfen müssen."

Daraufhin sagt Papa Königskerze: „So ist es schon besser. Frag einfach nächstes Mal beispielsweise Lady Schnatterente, ob McFley zu Hause ist; und konzentriere dich auf dich."

Dandy Workaholic antwortet: „Verzeihung, Papa, wir schaffen schon weiter", und meint damit Lady saurer Apfel, Lady Schnatterente und sich selbst.

Papa Königskerze gibt klein bei und meint: „Das Phänomen pubertierende Liebeskummer-Symptom ist gut und recht; ich sage euch drauf: Lasst was aus."

Dandy Workaholic macht bewusst die Sohn-Rolle und sagt: „... ich wusste, der Algorithmus vom Verliebtsein ist nicht gesund. Die Erkenntnis habe ich ausgerechnet." Und das Dumme-Kuh-Kostüm löst sich wieder auf ...

Im Radio ertönt nichts Neues. Pandemie-Zeit ... Lady saurer Apfel ist ein zurückhaltendes und scheues Mädchen. Das mehr als nur fleißig ist. Leise im Tun. Eifrig in ihren bearbeiteten Aufgaben.

Lady Schnatterente beginnt sich ins Gespräch zu bringen. Und sie stichelt mit Lady saurer Apfel bei ihrem Bruder Dandy herum: „Hast du wohl deinen Mundschutz verschluckt, Dandy Workaholic?"

Dandy Workaholic redet dabei nur zu sich; so konzentriert und ... so überaus leise ... und der verärgerte Dandy Workaholic sagt schließlich: „Liebe Schwestern. Quatscht mir nicht die Ohren voll. Mit eurem Stimmungsbremser-Thema: Dumme-Kuh-Kostüm. Ansonsten mache ich eure Arbeitsaufgabe auch gleich mit."

Doch die Worte sind nicht so hart gemeint, wie sie vom beleidigten Dandy Workaholic ausgesprochen wurden. Die deutsche Sprache ist im Vergleich zu anderen Sprachen der Betonung nach eine harte Sprache.

Die angebende Lady Schnatterente spricht: „... der Spaß ging wohl in die Binsen und an uns vorbei ...", Schwups, Lady saurer Apfel und Lady Schnatterente tragen jeweils prompt ein Dumme-Kuh-Kostüm.

Der gute Grundtenor in der Familie ist sicher. Dass sie sich gut verstehen ist Fakt. –

Der Alltag zieht sich heute mal wieder in die Länge, im Schildkröten-Tempo, wie ein Kaugummieffekt.

Es ist zudem erst zehn Uhr am Vormittag. Da tut eine Abwechslung verführerisch gut. Und so ist es schwierig, einer gelungenen Ablenkung zu widerstehen. Papa Königskerze sagt dann immer dazu genervt den Satz: „Reißt euch zusammen. Schaff."

Der Schicksalsfluch im Firmenbüro, betreffend das Dumme-Kuh-Kostüm, das Eingang fand, ... treibt weiter seine eigenwilligen Regeln voran ... Papa Königskerze läuft durchs Büro und sagt: „So sieht es bei uns aus. Mir egal, ob du müde oder kreativlos bist, oder auch nicht. Ich gebe noch eins obendrauf. Meinen Ton musst du schon finden. Ich bin dir um Jahre voraus", so der erfahrene Papa Königskerze zu Dandy Workaholic.

Dandy Workaholic antwortet: „... gut, ich mach mich an unsere gemeinsame Arbeit ran. Ich lerne." Dandy Workaholic steckt den Anpfiff und die Mahnung von Papa Königskerze gut weg und sagt: „Das Leben ist schön, ich gebe nicht auf."

Lady Schnatterente flieht an ihren Arbeitstisch zurück. Mittlerweile meint sie, die Magie des Dumme-Kuh- Kostüms im Verständnis zu erfasst zu haben. Und sie weiß, wie sie es unter Kontrolle halten kann. Lady Schnatterente erwähnt: „Doch warum das Kostüm in aller Welt gerade bei uns – im Team. Und wie kann ich es vermeiden. Niemand will das Kostüm anhaben. Eine Angst davor ist es nicht. Es ist nur so seltsam fremdartig. Eine Bloßstellung. Einfach nur eine peinliche und lächerliche Situation, wenn das Kostüm jemand kleidet", so sagt

Lady Schnatterente. Und Königin Contenance nickt ihr zustimmenden Zuspruch zu.

Sie alle wissen nicht so recht, was ihnen mit dem Faschingskostüm widerfahren ist. Die Sache ist noch nicht in ihrem Bewusstsein angekommen ...

Dandy Workaholic macht einen auf überlegenen und aktiven Aufklärer: „Ich heiße Workaholic. Dandy – Workaholic. Wie ein Ochse vor dem Berg stehen bleibt, so habe ich eine verständliche Lösung zum Kostüm noch nicht herausgefunden. Helft mir alle dabei mit."

Umgehen. Vermeiden. Kostüm loswerden. Aber wie?

Das Team versucht es mit Nicht-Reden, so kann das Dumme-Kuh-Kostüm nicht eingreifen.

„Das Nichts-Reden hilft dabei", flüstert nun Lady Schnatterente zu Lady saurer Apfel und zu Dandy Workaholic am Arbeitstisch rüber.

Kapitel 4: Komm, Papa helfen

Lady saurer Apfel und Lady Schnatterente sind im Großraumbüro am jeweiligen eigenen Arbeitstisch – sozusagen Tisch Nachbarinnen. Weiter: Sie sind überall und immer zu zweit zusammen unterwegs: Urlaubzeiten zusammen. Pausen gemeinsam. Toilettengang zu zweit. ... denkt dabei eure Kommentare nur im Stillen. Egal was ihr denken wollt, sie machen es trotzdem zu zweit. Dennoch: Die Schwestern arbeiten korrekt und ordentlich.

„Zudem noch sind sie zu zweit so fleißig wie zehn einzelne Angestellte", so pflichtet das anerkennende Wort von Königin Contenance stets über die zwei Schwestern bei. „Ihr seid effektiv", sagt die Königin Contenance wiederholt immer als Lob.

Papa Königskerze ergänzt: „Danke, dass du es gesagt hast. Ich habe oft nicht die Chance, etwas zum Miteinander beizutragen.

Da ich die Geschicke und Richtung unserer Firma lenke. Die Kontrolle der einzelnen fertigen Aufgaben von euch sichte ... und die Umsetzung der Aufgaben kontrolliere. Da bleibt kaum Zeit zum Plaudern übrig."

Daraufhin äußert sich Königin Contenance und beschreibt es so: „Unsere Arbeit ist so schwierig, wie es gilt, eine Katze für den Zirkus zu dressieren. Doch im Gegensatz zur Dressur ist unsere Arbeitsaufgabe stets erneut mit Einsatz lösbar."

Lady Schnatterente meint: „Papa ist super. Guck. Wir haben zusammen Erfolg. Lasst unseren Papa Königskerze nach vorne ..."

„... Aua", und Lady saurer Apfel kommt mit dem Dumme-Kuh-Kostüm angekleidet hinzu. Sie weint dabei, als sie es im selbigen Moment bemerkt.

„Sei du jetzt still, dann kommst du dem übergestülpten Kostüm vielleicht gleich wieder davon", so argumentiert Dandy Workaholic freundschaftlich.

Papa Königskerze ahnt schon den weiteren Ablauf vom Dumme-Kuh-Kostüm-Treiben.

Aalglatt im Verhalten wendet Papa Königskerze sich mit seiner Aufmerksamkeit jedoch wieder an seine vorherigen Arbeitsmappen. Er arbeitet vorbildlich an seiner Aufgabe weiter und spricht allgemein zur Familie:

„Strengt euch an. Diszipliniert an die Arbeit. Los."

Lady Schnatterente: „Ich bekomme auch noch vorher die Kurve ...", und Lady Schnatterente hält sich ihren Mund mit ihrer Hand zu. Eilt mit Lady saurer Apfel an der anderen Hand zurück an die Arbeitstische und folgert daraus:

„Ich habe es schon herausgefunden. Wenn ich arbeite", so Lady saurer Apfel, „verschwindet das Dumme-Kuh-Kostüm einfach wieder ... Das Kostüm ist wie eine kleine Ameise." „Oder wie ein winziges Käferchen beim Picknick auf der Wiese. Wie eine unerwünschte Klette", so Lady Schnatterente im Wortwechsel mit Lady saurer Apfel.

Die Ladys machen sich, wie der vorzeigbare Papa Königskerze, an ihre Arbeitsmappen. Währenddessen, das Dumme-Kuh-

Kostüm, es hat sich wieder in das Nichts aufgelöst. Es ist zurück im Karton. Alle Köpfe versinken in der Arbeitsmappe von Papa. „Das Kostüm ist nicht zu erkennen. Seid leise. Nicht einmal flüstern. Ja, am besten nur dann reden, wenn man gefragt wird", so Lady Schnatterente zu Lady saurer Apfel und Dandy Workaholic. Und alle im Großraumbüro sind froh darüber, dass sie das Dumme-Kuh-Kostüm für die nächste Zeit los sind.

Der kommentierende Dandy Workaholic erwähnt: „Das Kostüm ist wie eine neugierigere Giraffe mit Pech. Die Giraffe, die durch einen Autoreifen gierig mit ihrem Hals durch ist. Und sodann den Reifen ohne Wildtierpfleger nicht mehr losbekommt. Eine Giraffe mit Reifen eben ...

Kapitel 5: Komm, Papa helfen

Später am Tag: Der hungrig gewordene Papa Königkerze zu seiner Frau zur Mittagszeit: „Ich dachte schon, es ist dir etwas dazwischengekommen ..."

Papa Königskerze steuert jetzt zusammen pünktlich auf die Minute mit Königin Contenance den gemeinsamen Mittagstisch im Restaurant an. Der Koch und zugleich Inhaber empfängt die Stammkundschaft:

„Da kommt das treue und schwanenhafte Stammkundschaft-Paar." Am Tisch angekommen, spricht Königin Contenance:

„... es gibt heute eine warme Mahlzeit. Das wolltest du doch sagen. Ich empfehle dir heute ... das Menü ... Nummer 251. In Ordnung, Papa Königskerze?", so Königin Contenance zu ihrem Ehemann. Sie sitzen im Lokalsaal. In der Nachbarschaft zu ihrem Büro. Papa Königskerze fordert ein und spricht:

„Ich will heute nicht nur aus dem einen Grund, weil wir den Nachmittag frei haben, selbst an den Herd."

„Sondern, weil dir das Kochen auch Freude bereitet", so stellt Königin Contenance klar und berührt seine Hände mit ihren Händen.

Sie wertschätzt ihn und fügt an: „Ich weiß, mein Held", und Papa Königskerze fühlt sich umarmt und verstanden.

Papa hat schon seine Hände gewaschen. Und schon die saubere Kochschürze für die Küche um und albert mit seiner Frau herum: „Ich empfehle dir ... das Menü ... Nummer ...?"
Papa Königskerze spricht weiter:
„Ahha. ich darf mir heute also ein Menü zum Essen wünschen", so Königin Contenance zufrieden.
Papa Königskerze: „... Nein. Wir machen es jetzt so." Er schwenkt in Gedanken um und sagt: „Ich koche für mich, was du willst. Und für dich das, was ich will." „Oder umgekehrt?" „Umgekehrt ..."
Papa Königskerze versucht die Kontrolle über den Dialog wieder zu erlangen: „Kennst du dich noch bei uns aus?", so Königin Contenance und kratzt sich dabei am Kopf oben und sagt: „... wir haben zu viel Stress gehabt. Nochmals."
Papa Königskerze beginnt den Gedanken aufs Neue: „Ich habe Hunger. Es muss also auch schnell gehen. Also koche ich uns heute das selbige Menü. Hauptsache: Warm. Lecker und ein wenig besonders."
„Einverstanden", erwidert Königin Contenance. Sie ist stets auf Harmonie und Ordnung aus. Sie setzt sich still auf einen Hocker in der Großküche; und lässt ihren Ehemann Papa Königskerze für sie heute kochen. So verschworen wie ein Braunbär mit einer Honig-Witterung in der Nase wagt sich Papa Königskerze ans Kochen heran.

Kurze Zeit später: „Mhhm ... duftet das gut", so der Kommentar von Königin Contenance. Dem eigenen Kinder-Chat aus dem Handy, das Königin Contenance mit sich trägt, entnimmt das Paar die Posts und die Worte:

„Schau, die sind sich gemeinsam einig", so Lady Schnatterente. Lady saurer Apfel ergänzt: „Und sie kennen sich schon viele

Jahre gegenseitig. Die können es miteinander. Ein eingespieltes Team. Motto: Auf ewig zusammen."

Lady Schnatterente im Handychat folgert weiter: „Darum sind die zwei auch miteinander verheiratet. Sie bezwingen den gemeinsamen Alltag. Und kennen ihre Geheimnisse gegenseitig."

„Die checken das voll", und Dandy steuert auch einen Post bei und ergänzt: „Wir können uns glücklich schätzten. Wir haben gute Eltern. Meinem damaligen Baby-Storch gebe ich nachträglich einen aus ..."

Die Minuten verfliegen in der Küche beim Kochen im Nu. Nach dreißig Minuten sitzt das Paar an seinem Speisetisch. Königin Contenance genießt die Kochkünste von Papa Königskerze:

„Die Mahlzeit ist ein Genuss-Hit geworden", Königin Contenance erinnert und ermahnt ihren Mann: „Trink nicht zu viel Cappuccino. Davon wirst du nervös und aufgekratzt. Das ist wie ein untergejubeltes Kuckucksei im Nest. Pulver-Cappuccino ist erlaubt? Doch das auch nicht an jedem Tag für dich ..." Sie passen gegenseitig aufeinander auf.

Dandy Workaholic postet: „Das ist wahre Liebe."

Königin Contenance kommentiert: „Guck, Papa, ich sehe in dich rein."

Papa Königskerze: „Kaffee hin oder her. Wir sind nun vom Mittagessen satt ... also los, zurück ins Büro. Back for good. Yeah."

Königin Contenance hakt sich bei Papa Königskerze am Arm ein: „Jawohl, mein Boss."

Papa Königskerze sagt: „Das hat gepasst. Und hat mir Spaß gemacht. Ich konnte mich beim Kochen entfalten. Wie ein Schmetterling auf einem Fliederbusch ... Supi. Yeah."

Königin Contenance bemerkt mit ihren Worten: „Lecker war es allemal, der aufwendige Mittagstisch. Danke. Du hast meinen Geschmack getroffen. Treffer."

Papa Königskerze: „Ich bin eben keine züngelnde Schlange, die es drei Wochen ohne Nahrungsaufnahme aushält. Ich habe schon wieder Hunger ..."

Königin Contenance: „Aber das nächste Mal will ich dich wieder im Speiselokal am Tisch beim Essen für mich haben. Nicht am Herd."

Daraufhin willigt Papa Königskerze ein: „Abgemacht. So, sagst du, geht unsere Liebe nicht die Wertach runter. Du machst mich zu einem Mann. Also sei jetzt still. Zurück an den Arbeitstisch."

Kaptitel 6: Komm, Papa hefen

Zurück im Bürogebäude. Der Tag verläuft wie die Tage zuvor, anstrengend, aber ruhig. Keiner sucht einen Schuldigen. Keiner spielt Streiche mit anderen. Die Kinder der Familie wissen, dass sie einen richtigen Papa haben und sind dankbar, auch eine kluge Mama zu haben.

Deswegen hören sie alle auf ihren Papa. Er weiß, wo es langgeht. Er kennt sich im Leben aus. Papa Königskerze beginnt sich in der Arbeitstheorie mitzuteilen:

„Im Grunde ... um es kurz zu fassen ..." Dandy redet dazwischen: „... Jetzt zieht er die Weihnachtsfeier-Rede vor ...", und zieht sich ins Bad zurück. „Na, Weihnachtsansprache ... oder .... oder doch nicht", flüstert Lady Schnatterente und albert pubertär wie ein Mädchen mit.

Papa Königskerze spricht weiter: „Uiii ... ich bin stolz auf euch. Und daraufhin zieht Papa Königskerze das bereitgelegte formelle Schreiben aus der Postablage heraus:

„Hier, wieder eine neue Referenz über unser tägliches Tun und Machen. Ich zitiere die Worte aus dem Brief: „Note eins für unsere Zusammenarbeit. Anbei eine finanzielle Erfolgsprämie für euren Arbeitseinsatz ... die Referenz ist heute eingetroffen? Yeah."

Das Team gibt jeweilig mit einem Klopfen auf die Arbeitstische zur Kenntnis, dass sie ein gutes Miteinander haben und diese

Arbeitseinstellung auch pflegen. Lady Schnatterente spricht es aus, was alle Büroangestellten denken:
„Wir haben einen Segen erhalten. Unser Kunde wertschätzt uns. Treffer."
„Wir sind eine Level-Stufe weiter", so Königin Contenance.

<u>Kapitel 7: Komm, Papa helfen</u>

Dandy Workaholic kommt mit seinem Social-Media- Chat und mit Ohrstöpseln zurück ins Büro. So realisiert Lady saurer Apfel die Situation und spricht: „Guck Dandy Workaholic an. Schwarz, mit weißen Flecken. Erkennt ihr die Verkleidung wieder? Lasst ihn patzen ..."
Lady Schnatterente ergänzt vorwurfsvoll: „Er hat bestimmt was Doofes gesagt. Deshalb trägt er das Dumme-Kuh-Kostüm. Zusammengefasst: Dandy Workaholic ist eine allgemeine erkennbare ‚blöde Kuh' geworden. Er weiß hoffentlich noch, wie man eine Sache auch bei Papa wiedergutmachen kann ..."
Die Ladys kichern und amüsieren sich über Dandy Workaholics Auftreten im Kuh-Kostüm.
Papa Königskerze ist nicht leicht aus der Fassung zu bringen. Sein Blick schweift wohl vom Arbeitspapier ab. Doch Papa Königskerze versucht in seiner Aufgabe weiter voranzukommen. Er konzentriert sich erneut auf sich und sagt: „Ich verteile gleich die nächste zu bewältigende Sache. Zu den Aufgaben aus den neuen Arbeitsmappen. Es hat sich etwas aktualisiert."

Dandy Workaholic will sich rechtfertigen: „Ich bin kein störrischer Esel. Schlussstrich. Alle Tests bestanden. Keiner hat einen Einwand dagegen. Ich mache wieder alles richtig. Meine Idee", so Dandy Workaholic und er sagt: „Ich nehme die Urlaubsanträge für das nächstes Jahr in Vertretung für Papa Königskerze entgegen ..."
Das Dumme-Kuh-Kostüm löst sich so aus dem Arbeitseifer innerhalb einer kurzen Zeit wieder von Dandy-Workaholic-Körper ab. Und verliert sich im Raum ... Minuten später ist das Bürogeschehen wieder auf normalem Arbeitsklima.
Königin Contenance stellt fest: „Dandy Workaholic schaut immer noch verdutzt und selbstverliebt, vergleichbar dem Wesen einer Milchkuh, drein.
Seine Mutter, Königin Contenance, schaut Dandy an: „Dandy Workaholic hat etwas verpasst."

Dandy Workaholic schaut auf, bekommt den Referenzbrief von Papa Königskerze überreicht und liest ihn erneut laut vor: „Uiiiii." Und dann hat auch der Letzte die Neuigkeiten erfahren. Die Familie ist ein Team. Und in der Gruppe muss es aufgeklärt vorangehen. Das ist wichtig." „Keiner wird ausgeklammert. Verstanden?", fragt Papa Königskerze nach. Und die Ladys schwören sich ein. Dandy Workaholic zufrieden. Wie ein Wildtier; so sicher, als wenn es im getarnten Herdenhaufen steht.

„Sehr wohl. Das geht als angeforderter Befehl wie ein Ohrwurm rein", so Dandy Workaholic.

Papa Königskerze zur Familienrunde: „Macht die jungen Pferde nicht wild. Wir schaffen das schon gemeinsam. Wir wollen Glück und Segen haben."

Kapitel 8: Komm, Papa helfen

„Home-Office-Zeiten. Pandemie-Jahre. Diese Zeiten sind zum Glück vorbei", so Lady saurer Apfel etwas eingeschüchtert und sie fährt weiter fort: „Guck: Wunsch-Beruf. Guck: Team-Arbeit. Die gegenwärtige Zeit hat alles in Frage gestellt."

Lady Schnatterente argumentiert: „Hast du das kapiert?" Lady saurer Apfel zustimmend: „Ja, wir haben daraus gelernt ..."

„Das in unserer fortschrittlichen Zivilisation", so ergänzt Dandy Workaholic und meint weiter:

„So ist es heute Gott sei Dank wieder überschritten. Ich dachte, wir müssen alle verzichten auf unser ... ich habe es noch nicht ausgesprochen ... auf unser alljährliches ..." Lady Schnatterrente fordert ein: „Papa Königskerze soll es aussprechen."

Daraufhin Papa Königskerze: „Unser ...?", und Papa Königskerze verkündet für alle die Neuigkeit: „Ahhh. Unser heutiges BARBECUE. Hinter dem Haus, im Ziergarten." Die Konferenztelefon-Schaltung lädt alle ein.

Papa Königskerze trällert in den höchsten Freudentönen, wie ein Singvogel mit Frühlingsgefühlen im Bauch. Denn heute ist Siebenschläfer-Tag.

Dandy Workaholic sagt: „Ein ganz besonderer Tag." Papa Königskerze ergänzt: „Danke, Dandy Workaholic. Du hast bei mir wieder etwas gutgemacht. Du hast mich sprechen lassen. Und mich die Neuigkeit zum korrekten Zeitpunkt pünktlich verkünden lassen ..." Dandy Workaholic: „Dir habe ich heute eingegeben. Wir sind ein Team. Yeah."

Papa Königskerze glänzt: „Prima. Das Event konnte ich selbst ankündigen. Das ist gelebter Respekt in unserem Familienbetrieb ..." Blitz. Lady saurer Apfel: „Ein Bild fürs Poesiealbum."
Papa fügt förmlich an: „Ich lade euch alle herzlich zum heutigen Fest ein."
Dandy Workaholic ausgeschlafen: „Zusammen mit unseren derzeitigen Geschäftskunden. Ich habe alles vorbereitet und bereitgestellt. Manchmal mache ich noch Fehler. Doch ich mache jetzt alles richtig."
Schon beginnt die verstreichende Zeit wichtig zu werden. Königin Contenance: „Wir sind alle nervös vor der Veranstaltung im Garten."
Der Duft des Barbecues durchströmt das Gebäude über die Hofeinfahrt und den großen Garten.
„Guten Appetit." Dandy Workaholic gratuliert seinem Vater.
Dandy Workaholic sagt: „Es ist kein Zufall. Heute hat unser Papa Königskerze seinen GEBURTSTAG."
Dandy Workaholic ist der Erste in der wartenden, sich bildenden Gratulationsschlange.
„Auf zwei zählen ... das bekommt auch noch ein Pferd hin", scherzt Papa Königskerze und behauptet: „Aber wir rechnen heute sogar auf drei", und Papa Königskerze findet eine Überleitung. Er schüttelt weiter die Gratulanten-Hände und sagt: „Drei besonders wichtige Tagespunkte. Drei Höhepunkte.

Also aufgepasst ...", so Papa Königskerze: „Ich verrate es euch in ein paar Minuten gleich ..."

Königin Contenance zu ihrem angereisten Kunden und mischt sich ein: „Wir wollen nicht auf unser Grillfest im nächsten Jahr verzichten. Die Stimmung ist am Siebenschläfer-Tag so friedlich. Wir lassen von Papa Königskerze an uns einen Wunsch zu seinem Geburtstag äußern. Wir schauen dann bis zu seinem nächsten Siebenschläfer-Tag, ob wir es geschafft haben, ihn damit glücklich gemacht zu haben."

Lady Schnatterente behauptet wertend: „Dandy Workaholic hat es raus. Er hat den Barbecue-Termin organisiert. Super Event-Management."

Lady Schnatterente betont und lobt die umgesetzte realisierte Arbeit von Dandy Workaholic.

Papa Königskerze richtet das Wort an das Team: „Was? Das hast du auch schon drauf. Selbstständig und alleine arbeiten. Ehrlich: Das finde ich toll. Danke dir, Dandy Workaholic. Dieses Rollenspiel hast du gewonnen", so sein Papa voller überschwänglicher Worte und fügt an: „Bald kannst du auch Papa werden ..." Dandy Workaholic moralisch aufgebaut: „Dann heißt es bei meiner nächsten Auserwählten: Heute gilt es. Ich bin so begeistert. Ich kann mich nicht bremsen, ich will dich ... sei nicht besorgt, du bekommst von mir ein Baby ..."

Später am Tag. „Was ist los, Dandy Workaholic", und Lady saurer Apfel schaut in seine traurige Gesichtsmimik und sie fragt weiter: „Schalte mal deine Laune um, wenn du den Schalter da drinnen bei dir findest ... Sage es dann auch deiner enttäuschten Gesichtsmimik, dass du gut gelaunt sein willst. Es ist Siebenschläfer-Tag. Guck, alles ist super."

Dandy Workaholic antwortet: „Ein Hoch und viel Glück für unseren Siebenschläfer-Mann."

Lady Schnatterente läuft hinter ihnen entlang und sagt: „Wie kann es anders sein ... du mit dem Dumme- Kuh-Kostüm."

Dandy Workaholic antwortet: „Ich habe das Kostüm wieder an. Ich muss jetzt erst was essen. Mein Magen grummelt komisch. Essen. Das hilft bestimmt."

Er stopft sich die fertigen Grill-Proben in den Mund rein. Lady Schnatterente kümmert sich um ihren Bruder Dandy Workaholic. Das ist Familienfreundschaft mit Herz. Und seine letzte Sorgenfalte auf der Stirn verschwindet. Lady saurer Apfel noch vorsichtig mit Worten:

„Na also. Weitermachen. Er lächelt wieder. Das Dumme-Kuh-Kostüm ist auch gleich wieder verschwunden. Du hast doch nur Freundschaften im Leben."

Lady Schnatterente fordert ihn auf: „... Komm, sag Muh. Sag was dazu." Dandy Workaholic reißt sich am Riemen: „Dann bist du die blöde Kuh." Lady Schnatterente plappert vergnügt mit Dandy weiter.

Und Dandy ist wieder heiter und gelöst. Königin Contenance sichtlich erleichtert über ihren familiären wohlbehütet wertvollen Mitarbeiter. Erleichterung macht sich allgemein breit, und Königin sagt: „Du bist unersetzlich. An die Arbeit. Jetzt mach, dass die Sonne wieder für dich und uns scheint. Vielleicht nur noch die Radieschen zählen", ... verbietet ihm Lady Schnatterente überzeugt und sagt weiter: „Auf. Powern ..."

Und sie nimmt ihren Bruder in ihre Arme, um ihn zu trösten. Dandy Workaholic lässt sich auf das Umsorgen seiner Schwester ein und sie sagt:

„Gib nicht auf. Halte durch. Das Leben ist schön. Sprich mir nach ..."

Dandy Workaholic zu Lady saurer Apfel: „Komisches Ding. Das mit dem inneren Umschalten. Und ich dachte, ich muss eingehen."

Lady saurer Apfel zu ihrem Bruder: „Du hast zu viel gearbeitet ... Das hast du jetzt drin." Lady Schnatterente zu Dandy: „Heule leise, Dandy ..."

Dandy Workaholic erholt und gefasst.

Lady Schnatterente ruft: „YEAH." Das war knapp ... Wie eine quirlige Arbeitsameise im Wald in ihrem Ameisenbau. Dandy Workaholic sagt ernüchtert:
„Ich hab vergessen ...
etwas zu essen."
Papa Königskerze sagt daraufhin: „Na, dann ist ja alles wieder eingerenkt. Ab jetzt, und das gilt für heute: Ich rufe erneut den traditionellen Familien-Feiertag aus. Heute sollen alle strahlen und sich mit mir und uns freuen. Die Familie soll sich lange an den heutigen Tag positiv zurückerinnern. Holt die Kamera-Apps raus. An diesem Tag wollen alle Sonne haben. Sonst gibt es zwei Monate danach nur Regentage ..."
„Lasst die Korken knallen", so Königin Contenance.
Lady saurer Apfel rudert mündlich zurück: „Dann bleibt also alles beim Gewohnten."
Lady saurer Apfel zu Dandy Workaholic: „Du wolltest doch gerade unbedingt ein Dumme-Kuh-Kostüm tragen."
„Pech gehabt. Ätsch, bätsch: Ich habe es an", somit bringt Dandy Workaholic alle mit dem Kostüm zum Mitlachen. Er fährt weiter fort: „Das Ding mit dem Dumme-Kuh-Kostüm habe ich jetzt aufgeklärt."
„Und ich habe es unter meiner Kontrolle", sagt so Lady saurer Apfel zu ihrer versammelten Familie.

Kapitel 9: Komm, Papa helfen

„Was hast du denn? Was ist mit dir los?", so Papa Königskerze zu Lady saurer Apfel und er sagt vorwurfsvoll weiter:
„Ach, ich will nur endlich HEIRATEN ... und das am liebsten schon gestern. Na super, guck."
Papa Königskerze: „Ich weiß. Dir liegt der Wunsch schon seit Monaten auf den Lippen. Jeder von uns trägt dies im Herzen. Probezeit mit dem Partner muss sein. Die Eltern denken alle: ‚Hoffentlich müssen wir dir keinen neuen backen.'"

Lady Schnatterente unterstützend: „... sonst kündige ich meinen Arbeitsplatz ...", sagt sie dann. „Haltet inne: Moment, Moment. Erst Bindung für die Ewigkeit und dann der Wunsch, die Existenz zu brechen? SCHWUPS." Lady Schnatterente und Lady saurer Apfel haben das Dumme-Kuh-Kostüm an. Papa sagt: „... da läuft eure Klappe wie die Nonstop-Radiostunde. Das müsst ihr noch lernen. Plappern nach Maß."

„Verzeiht. Jetzt schon besser. Schau mich an und verstehe mich richtig", sagt Lady saurer Apfel zu Papa Königskerze, und sie sagt weiter: „Ich bin glücklich vergeben."

Königin Contenace hakt sich ins Gespräch ein: „Lady saurer Apfel, gib nach, gib dich kleiner."

Lady saurer Apfel lässt ihn den Namen aus ihrer Nase ziehen: „Du weißt doch, mit wem ich zusammenwohne und wen ich heiraten will ... in wen ich verliebt bin."

Papa Königskerze: „Gut, wir machen mit und willigen ein."

Königin Contenance stimmt zu: „Unser Wille ist letztendlich nicht ausschlaggebend. Doch wir unterstützen dich hiermit. Wir wünschen euch allen beiden viel Glück und Segen, liebe Lady saurer Apfel."

Lady saurer Apfel: „Beinahe wäre ich eingegangen."

"Heiraten?", so Dandy Workaholic und er kratzt sich am Kopf: „Das kostet nur Geld und Nerven. Denk dran, das Fest ist ein reines ‚money goes out business'."

Papa Königskerze aufklärend autoritär: „Ich höre bei dir keine Zweifel heraus, Lady saurer Apfel: Du kannst zu ihm sagen: ‚Ich habe mit dir gewonnen. Dir vertraue ich.'"

Lady Schnatterente sagt weiter: „Wir essen dann beim Fest wie zehn. Betrinken uns bis zur Besinnungslosigkeit und leeren alle Fässer und Blubber-Sekt-Kisten ... während der Hochzeit."

Und kaum ausgesprochen: Das Dumme-Kuh-Kostüm dupliziert sich weiter. Dandy Workaholic, Lady saurer Apfel und weiter, die Lady Schnatterente tragen alle jeweils ein Dumme-Kuh-Kostüm. Sie grinsen ertappt verlegen. Papa Königskerze fordert seine Königin auf: „Sag den Ladys nun, sie sind jetzt Damen. Die zwei sollen nicht so albern sein."

Dandy hat die Worte von Papa überhört. „Wir mieten eine Musikband am Hochzeitstag auf ihre Kosten an. Und lassen nachts die Sterne und den Mond nicht aus den Augen."

„Gut gesagt. Und bis dahin bist du, Dandy Workaholic, wieder still", so Papa Königskerze und er hält ihm die Tatsache vom Kuh-Kostüm vor. Er entdeckt an sich das Kostüm ... Dandy Workaholic, ertappt, sagt: „Upps ... Ich wollte gerade noch sagen, dass Papa ein Spoiler ..."

Lady saurer Apfel: „... das war unsere Dumme-Kuh-Kostüm-Party, Dandy. Ich will eine Dame sein." Papa Königskerze. „Schon musste ich euch eine draufgeben. Macht richtig", ermahnt Papa Königskerze, „ihr seid keine kleinen jungen Kinder mehr."

„Wir machen ja schon." Vor lauter Tratschen und Albern hat die versammelte Familie die Uhrzeit vergessen. Doch dies musste ausgesprochen werden. Papa Königskerze zu seiner Ehefrau: „Ich setze unsere vorbildliche Ehe und innige Freundschaft nicht aufs Spiel." Ein Kunde platzt in die Runde: „Servus."

Die Geschäftskunden verabschieden sich. Das Grill-Equipment und Geschirr von der Familie schon halb abgeräumt. Dandy Workaholic: „Was für ein Fest. Und gleich das nächste in Planung. Die nächsten Fest-Vibes lassen wir auch nicht aus. Das macht uns alle stärker."

Der dritte Höhepunkt am Tag. Papa Königskerze verkündet noch im feierlichen Rahmen, dass die Tochter der Familie Königskerze, saurer Apfel, nun heiratet. Und voller Stolz und Freude ist es nun ein abgerundeter Tag, ein schöner Abschluss des Festes geworden. Alle zeigen sich beim Barbecue erfreut und zustimmend ...

Kaufbeurer

Traumhochzeitstag

Blättchen

<u>Traumhochzeitstag</u>

1 ---Im heutigen Kaufbeurer-Blättchen schildere ich Folgendes: das schönste Happening vom just vergangenen Jahr. Sowohl Stadtgespräch. Als auch im Social Net bekannt! Zur Darbietung arbeite ich es hier schriftlich für alle neugierigen Leseratten aus. Fotogen und beeindruckend war das unvergessliche Hochzeitfest. In der Kaufbeurer Großstadtmitte. Die schönste Zeremonie des Jahres!

2 ---Die umwerfende junge Dame hat sich getraut und vermählt! Ja, diese Braut kennen die Kaufbeurer Bürger/innen von Fotobildern; anderen Kaufbeurern. Manchen ist nur ihr Name geläufig im Gedächtnis verankert. Die Älteren dachten beim Anblick ihrer Erscheinung an ihre persönlichen eigenen Jugenderinnerungen. Weiter waren die Gründe des Schauens aus unterschiedlichen Beweggründen. Jedoch blickten an diesem Tag alle zu dem Paar auf! Die beiden haben es geschafft! Gewonnen! Wahre Liebe!

In erster Linie sollt ihr nicht an heiße Himbeeren mit Reis denken. Nein, sondern: an herzliche Liebe! Die Liebe, nach der sich alle im Leben sehnen. Der Bräutigam ist auch zufällig körperlich länger als sie. Perfekt! Verheiratet! Gewonnen! Geliked!

3 ---Die filmreifen Szenen erzeugen die Quoten der Follower. Diese Szenen sind zur lebenslangen schönen Erinnerung erschaffen. Das war ein Hotspot der Superlative. Was für ein Mega-Event! Das war keine Standardhochzeit für lediglich 10.000 Geld! Die Gäste durften sich so ordentlich wohl fühlen. So tanzt die Braut mit ihrem Mann. Heute bei ihrer engagierten Hochzeitsband mit dem Bandnamen „50 Erste Dates". Zum Soundtrack von „Dirty Dancing", Teil 1 (Spielfilmtitel, Filmmusiktitel).

4 ---Zuvor, morgens, unter Blitzlichtleuchten, trat das Sternchen nach dem Antrag an die Öffentlichkeit auf den Vorplatz. Er zuvorkommend. In Gestik glänzte sie glücklich dabei. Zugerufene Wünsche, kleine Plüschtiere und liebevolle Segenssprüche; Jubel und heitere Chor-Rufe begleiteten ihren Weg. Die Stimmung im abendlichen, jedoch feierlichen Moment

am Höhepunkt. Wir dachten alle an das niemals endende Gefühl der geborgenen Zweisamkeit. Währenddessen bitten die einzelnen Gastpärchen um Verzeihung; und planten den Rückzug zur Übernachtung ins eigene Gemach.

5 ---Am Tag in den feierlichen Räumen war das Blumenmeer Schmuck. Einerseits an den Säulen, andererseits an den Geländern waren Blumen verteilt und angebracht. Nicht zuletzt die schönsten Brautjungfern und auch Freund/ innen des Brautpaares streuten Rosenblüten auf den Weg der Verheirateten. Eine Frau attraktiver und verzaubernder als die andere. Fesche Dirndln! Den Hochzeitsstrauß in der linken Hand. Der Strauß war nun bereit für die schicksalshafte Ernennung der nächsten heiratswilligen Braut.

6 ---Der raue Ton, sogar in unserem Zeitalter (bildlich gesprochen: das veränderte Weltklimawetter!) Der raue Ton, der den mitmenschlichen Dialog durcheinanderbringt. Dieser Tonfall im gewöhnlichen Alltag war für diesen glorreichen Tag der Hochzeit, überraschend bemerkt, gänzlich verschwunden. Jeder Einzelne war mit den Gedanken beim Brautpaar. Vollen Lobes bei der Teilnahme an der gemeinschaftlichen Freude für das bekannte Paar!

7 ---Die Blicke der vermählten Frau galten dem Junggesellen. Der gehört mir! Ja, der! Die Brautjungfern sind sich gemeinsam einig, das ist Liebe, und schmachten den ganzen Tag dem Pärchen hinterher. Das Handyfotoalbum ohne übrigen freien Memory-Store. Sowohl der Hochzeitsfotograf als auch die Filmcrew hatten nun alle Bilder sicher im Kasten. Doch das Vergnügen ist nur für eine bestimmte Zeit gut. Jedoch das Arbeiten bürgt für

die Erfolgserlebnisse. So kommen wir zum Ende dieses beobachteten Galatages!

8 ---Liebe Leser/in, bald bist du vielleicht der feierliche Anlass meiner nächsten Schilderung aus der Großstadt.

(Aus Datenschutzgründen bleiben die oben genannten Personen namentlich anonym.)

Just married ...

Kapitel 10: Komm, Papa helfen

Die Familie beobachtet seit ein paar Stunden ihren Dandy Workaholic; keiner weiß etwas Genaueres. Mit einem Supermann-T-Shirt-Outfit flitzt Dandy Workaholic durch die Büroräume im Firmengebäude.

Lady saurer Apfel teilt sich mit und meint zu Lady Schnatterente: „Dandy Workaholic ist wohl auf eine große Belohnung aus? Was macht er nur ... Es fühlt sich richtig an. Der hat noch Puste drin."

Papa Königskerze zu den Ladys: „Dann kann er auch bald heiraten." Lady Schnatterente sagt daraufhin: „Oder er hat etwas angestellt. Und will es wiedergutmachen."

„Kann auch eine Aufgabe von Papa Königskerze sein. Und die ist voll kniffelig", so Lady saurer Apfel und sie gibt sich einfühlend.

Königin Contenance behauptet: „Das ist doch keine offizielle Arbeitsaufgabe von Papa Königskerze. Das spüre ich."

Lady saurer Apfel meint daraufhin, dass Dandy Workaholic mit einem neuen Super-T-Shirt eine Aufgabe tut: „Schaut. Er trägt ein Super-T-Shirt."

Königin Contenance kommentiert:

„Ich denke, es ist kein magisches Faschingskostüm. Nur ein bedrucktes T-Shirt?"

Und Lady saurer Apfel grübelt zusammen mit den anderen Damen weiter darüber nach ...

„Bin fast fertig", so Dandy Workaholic: „... und jetzt mache ich eine kleine Pause." Und er zieht sich dafür in den Herren-Badumkleideraum zurück und die Familie hört von ihm das Wort: „Mist ..."

Lady saurer Apfel meint abschließend: „Das scheint aber erfolgreich gelaufen zu sein." Papa Königskerze sagt zur Familie: „Dandy habe ich verstanden. Er hat den Siebenschläfertag organisiert. Er wollte uns dies mit seinem T-Shirt mitteilen. Er ist sprachmüde und kognitiv faul. Ich sage euch: Strengt euch mehr an." Lady saurer Apfel sagt: „Papa, bleib cool. Der untergräbt deine Autorität. Dandy will nur Worte von dir abringen. Er kopiert dich gerade mal wieder. Bleib cool." Saurer Apfel: „Guck, so ist es bei dir, Dandy. Das hast du jetzt hoffentlich verstanden."

Kapitel 11: Komm, Papa helfen

Mittagszeit. Am erwarteten daraufhin gearbeiteten Eventtag. Die letzten Vorbereitungen laufen noch. Mühen und Sorgen um eine Geschäft-Kundenpräsentation.

„So EARLY am Morgen, UPPS", da hätte Lady saurer Apfel gleich sagen können: „Dumme-Kuh-Kostüm. Ich ziehe mir das Kostüm gleich selbst freiwillig über." So bemerkt Lady saurer Apfel das Kostüm bei sich und sagt weiter: „Ich bin selbst in ein Fettnäpfchen getreten. Sagt alle zu mir Danke. Fliegt nicht auf den Kopf beim Papa-Kopieren."

Doch Lady saurer Apfel bleibt diesmal vom Kuh-Kostüm verschont. Papa Königskerze kehrt sicherlich gleich zurück. Die Familie beginnt bis dahin alles nach protokollierten Aufgaben-Richtlinien optimal zu organisieren:

„Hallöle", Papa Königskerze betritt mit einem Eimer Putzwasser das Bürozimmer. Wischmopp unterm Arm und zwischen den Zähnen den Stiel einer Handbürste.

Königin Contenance fragt an: „Hast du auch zudem das Albtraum-Monster unter unserem Bett verjagt, Liebling?"

„... und alles komplett wieder sauber gemacht...", antwortet Papa Königskerze, „bei mir musst du nicht nachschauen. Ich bin super."

Königin Contenance nimmt ihm seinen Eimer und Wischmopp ab – verstaut die Reinigungssachen im Putzraum.

Papa Königskerze behauptet daraufhin: „Danke. Sehr aufmerksam von dir. Ich komme dem vorgegebenen Arbeitspensum kaum mehr hinterher. Doch was getan ist, ist getan ..."

Anschließend blättert Papa Königskerze in seinem Tab-Terminkalender und liest das letzte Team-Protokoll mit den Vereinbarungen nach.

Ihre betriebliche Protokollplanung der Familienfirma ist vergleichbar mit einem kräftigen schwarzen Araber-Hengst: Das ausgewachsene Pferd, das alle beeindruckt; sichtlich von Erfolg beim Dressurreiten ausgezeichnet. So das Bild des Pferdes: eine Planung, die alle Komponenten der Organisation kräftig zusammenspielen lässt.

Papa Königskerze gönnt sich einen heißen Cappuccino im Büro – in der Büroküche.

Lady Schnatterente assistiert ihm: „Paps, du hast an alles gedacht. Mir fällt gerade nichts Wichtiges mehr ein. Wir haben ganz sicher an alle Fakten gedacht. Aber ich mache jetzt das, was ihr noch wünscht und ihr gestalten wollt."

... Dandy Workaholic kommt abgekämpft in die Küche: „Fertig. Habe die Rechner hochgefahren. Die relevanten Internetseiten gleich aufgerufen. Ruht euch jetzt mit mir aus. Wir haben noch eine Stunde, bevor die Glocke das Startsignal gibt."

Fühlen wir uns in den Moment am Tag hinein.
Ein schmackhaftes Essen muss auch sein.
– Sage es genauso.

Die Geschäftskunden mit ihrem Betrieb und in Zusammenarbeit mit der Betratungsfirma von Familie Papa Königskerze haben heute die ersehnte Markteinführung eines Produkt-Updates vor sich.

Die neu entwickelte Ware der Kundenfirma kommt in die Geschäftsregale. Die jahrelange Beratung durch den Familienbetrieb mit Papa Königskerze als Geschäftsführer ist nun an einem Scheitelpunkt angekommen. Was wird jetzt geschehen? Wie wird der Markt auf das Produkt reagieren? Erfolgssegen? Die Kundenfirma wünscht sich einen neuen Wind für die industrielle Produktion der neuen Ware.

Alle sind gespannt. Kaufen. Papa Königskerze sagt: „Kaufen steht drauf."

„Kauft", so Lady Schnatterente und sie schaut auf die Vorbestellungen und Warenreservierungen der Interessenten und Großhändler. „Kaufen ..."

Königin Contenance wird anschmiegsam – in der Nähe von Papa Königskerze; wie eine süße kuschelnde Katze. Entspannung. Erleichterung.

Die Startglocke des ersten Geschäftes mit der neuen Ware im Sortiment klingelt. Langsam sinkt die angestaute Anspannung. Der nervöse Bluthochdruck fällt ab und beruhigt sich. Zurückgestellte Bedürfnisse und verdrängte Gedanken beginnen sich zu lösen. Und fordern Zeit ein ...

Wie ein Pandabär, der sich mühevoll von Kilos einzelner Eukalyptusblätter von Bäumen ernährt. Oder anders gesagt: Mühselig ernährt sich das Eichhörnchen.

„Uiii." Die Bestellungen der neuen Ware lassen die Rechner heißlaufen. Papa Königskerze sagt: „Das habt ihr bei mir abgeschaut. Macht bei mir jetzt eine Eins. Mir nach."

Papa Königskerze begeistert: „Seht her. Jetzt, alles gut. Jetzt können wir kurz alle Räume mit fresh air lüften. Kühlschrank auffüllen. Und die Büros rausputzen."

Und für einen weisen Spruch ist Papa Königskerze auch zu haben und er sagt zur Familie: „Schaut, das ist unsere Arbeitskraft und deren Segen, denn wir lieben unsere Leute. Wir kämpfen nicht gegen Windmühlen – wie das bildliche Werk mit Don Quijote."

„Ich zitiere aus den ersten Rückmeldungen: Note eins. – Für unsere Unternehmerberatung-Tätigkeit", so Königin Contenance.

Königin schaut Papa an und sagt: „Bleib sitzen. Alles ist schön sauber. Und auch schon auf Vorrat eingekauft. Wir liegen gut im Rennen. Ruht euch aus. Urlaubssperre ist aufgehoben."

„Unser Kunde ist gerade um eine betriebliche Insolvenz drum herumgekommen ...", fügt Papa Königskerze hinzu und er sagt weiter: „Auf dem Spiel standen circa siebentausend Arbeitsplätze. Sie hatten in der Firma schon Kurzarbeit."

Königin Contenance sagt weiter: „Papa und wir haben es wirklich geschafft?" Dandy Workaholic kommt aus der Tauchstation aus dem Bad heraus.

„Bitte haltet die Gemüter low. Papa Königskerze hat sich beim BEINAHE-Luftsprung fast den Fuß verknackst. Bitte, liebe Kinder, nicht nachmachen."

Dandy Workaholic hat noch den Boden unter den Füßen und äußert weiter:

„Ich wollte halt einen auf cool machen. Wollte einen Spruch raushauen. Sagt bravo. Das mit dem T-Shirt ist kein, und ich sage nochmals: KEIN neues Faschingskostüm gewesen. Nur ein T-Shirt."

Lady Schnatterente: „Dann trägst du auch jetzt gekonnt das Dumme-Kuh-Kostüm. Das hast du geschafft. Du kannst wohl noch nicht geduldig warten."

Dandy Workaholic: „Stimmt, ich glaube, ich habe es jetzt raus mit dem Dumme-Kuh-Kostüm."

Die Königin Contenance. Sie macht den symbolischen festlich gekühlten Piccolo-Sekt auf. Und sie lässt den Korken durch den Raum fliegen und spricht: „Das ist Tradition. Das habt ihr verstanden. Macht vor Papa Königskerze nicht mehr so groß. Und vor unserer Königin so riesig. Macht genauso."

Dandy Workaholic ist einsichtig und muss auf Druck von Papa Königskerze laut und direkt aussprechen: „Ich habe es nun verstanden. Bleibe in Zukunft lieb, toll und brav, wie ein Schäfchen nur sein kann ..." Dandys Dumme-Kuh-Kostüm verfliegt sich in Unsichtbarkeit.

„Wo ist das Super-T-Shirt", fragt Lady Schnatterente nochmals bei Dandy Workaholic nach.

Dandy Workaholic gibt nach und beginnt sich zu erklären: „Ich wollte euch zeigen, was ich anscheinend kann. Ich habe abgeschaut und nun ist der Bluff enttarnt. Es ist kein Super-T-Shirt-Kostüm. Lediglich ein T-Shirt gewesen. Ich kann es noch nicht. Ich halte mich deshalb zurück. Ich höre mit dem Blödsinn auf."

„Ufff", und Königin Contenance bittet Dandy Workaholic um eine gemeinsame Verständigung: „Du brauchst keine Heldentaten zu vollbringen, um dich zu übertreffen", und seine Mutter nimmt ihn in ihre Arme. „Dandy Workaholic, weil wir dich so lieben, wie du bist, als unser Sohn ...", so Königin Contenance.

Die Ladys sagen: „... und du bist unser Bruder. Wir lieben dich, wie du bist. Du machst doch super Arbeit", so Lady Schnatterente und Lady saurer Apfel: „Auch ohne ein Super-T-Shirt-Kostüm erkennen wir das an dir. Und Dandy kann gar nicht genug von dem Hätscheln abkriegen."

Daraufhin Lady saurer Apfel: „... jeder hätte gerne jemanden, der einem immer vorsagt."

Dandy Workaholic ergänzt: „Oder eine kräftige innere Stimme von Papa Königskerze, die alle an jedem Tag zu jeder Stunde immer mitreißt."

Lady Schnatterente persönlich: „Deswegen sind wir keine Maschinen mit Nummern. Wir haben einen Vornamen und sind Menschen. So wie du und ich. Das musste dir einmal gesagt werden."

Papa Königskerze hat die momentane Situation miterlebt. Doch er überlässt die Steuerung des Ereignisses prüfend seinem Sohn Dandy Workaholic und Papa sagt:

„Jetzt kann die Familie den kreativen Saustall, die ungemütliche Atmosphäre wieder aufräumen. Wir haben nun wieder mehr Zeit als Arbeit. Akten in den Schredder. Notizen in den Papiermüll. Alle Genies anpacken. Ordnung in das Chaos bringen. Die Arbeit ist zum krönenden Abschied erfolgreich abgeschlossen worden."

„... jetzt ist es besser", so Papa Königskerze zu Lady Schnatterente. „Mein Papa hat mir das nicht beigebracht. Ich, Papa Königskerze, habe mir das selbst beigebracht. So will es das

System. Maximum an Persönlichkeitsentfaltung für die größte mögliche persönliche Arbeitskraft."

Lady saurer Apfel: „Dann werde ich wohl nicht mehr gebraucht als kreative chaotische Mitarbeiterin." Papa Königskerze sagt zu ihr: „Ich höre aus deinem Satz heraus, du willst dich mit deinem Mann selbständig machen. Lasse es in dir reifen. Passe den richtigen Zeitpunkt ab."

Königin Contenance sagt darauf: „Jede und jeder hat hier seinen Platz in der Firma. Und nimmt erfolgreich am Unternehmen mit seiner Schaffenskraft dran teil."

Lady Schnatterente ergänzend: „Ich will mich zum Positiven verändern. Helft mir dabei."

Dandy Workaholic stellt fest: „Bring deine Frisur wieder in Schwung, du geniale Schönheit."

Dandy Workaholic sagt zu ihr: „Notiere in dein Digital-Tab: Ab zum Friseur."

„Weiter, deine Farbkombination der Kleidung in Einklang bringen. Notiere: Neu-Einkleidung und ausgewaschene Altwäsche-Entsorgung, Lady Schnatterente", und er bemerkt auch: „Neue Schuhe und neue Handtasche kaufen ... zur Maniküre ... dann schon besser."

„Dann kann man dich wieder haben. Glaube mir", so Dandy Workaholic und er sagt weiter: „Da geht bestimmt dein ganzes Urlaubsgeld dafür drauf."

Lady Schnatterente: „.... welches Urlaubsgeld? Ich habe keines mehr ... Scherz: Mein Freund würde das Geld für eine Friseur und Shopping sparen. Und ich müsste NACKT zur Arbeit erscheinen, wenn es nach ihm gehen würde."

Dandy Workaholic wortkräftig: „Oder das Dumme-Kuh- Kostüm bewusst anziehen, damit du wenigstens etwas am Leib trägst ..." Beide lachen zusammen vergnügt.

Lady Schnatterente: „Das wäre auch die einzige Situation, in der mir das Dumme-Kuh-Kostüm willkommen wäre." Sie lachen erneut zusammen.

Lady Schnatterente eilt mit Lady saurer Apfel in die geschäftige Fußgänger-Zone ...:
„Guck, ich kämpfe." „Und tschüss", rufen sie zu zweit noch Papa und Königin Contenance zu: „... wir sind für heute auf und davon. FLITZ."

„Hugh Work ist done", so Papa Königskerze zu Dandy Workaholic:
„Das hast du also alles im Gedächtnis mit diesem Ziel erarbeitet und bewahrt. Bis zu diesem einen erfolgreichen Tag", so Königin von Contenance zu Dandy Workaholic.
Papa Königskerze sagt: „Ich hatte wohl das Pensum gesehen. Doch dass wir heute schon das Ziel zusammen erreicht haben ..."
„Wir sind beeindruckt, Papa Königskerze", sagt Königin Contenance zur Familienrunde.

Kapitel 12: Komm, Papa helfen

Die Konferenzschaltung mit den Geschäftsführer-Kunden verläuft sich nach Stunden. Sie sind wie eine quirlige Anzahl von Erdmännchen. Wie eine herbstliche Staren-Vogelschar, die ein Feld wieder verlässt und davonzieht.
Lady saurer Apfel zurück vom Shopping: „Wir haben zu tun." Die Geschäfte gehen wieder weiter. Der arbeitsreiche Alltag hält wieder Einzug. Wie ein winterliches gefülltes Vorratslager eines Eichhörnchens.

Lady Schnatterente teilt mit: „Danke, Papa Königskerze. Ich verstehe. Wir sollen unsere –Selbstwahrnehmung nicht zu wichtig nehmen."
„Treffer." „... da brauche ich erstmals etwas Süßes", fordert Lady Schnatterente ein und fokussiert nach Erlaubnis, aus dem Schokoladen-Schrank etwas abzugreifen.

Papa Königskerze: „Alle Mann an die Arbeitstische. Die nächste Wurst mit Butter auf dem Brot will erst einmal verdient werden ..."

Lady saurer Apfel eilt mit einer Tafel Schokolade an ihren Arbeitstisch zurück. – Spricht sich Folgendes drauf:

„Liebe geht durch den Magen. Schokolade passt immer zwischendurch noch rein." Und blättert während einer kleinen Pause verträumt in ihrem Smartphone Album ihre Pärchen-Fotos mit ihrem Mann und ihr durch und seufzt: „Ach, war das schön."

Mittlerweile hat Lady saurer Apfel auch geheiratet.

Zugleich teilt Papa Königskerze die individuellen – von ihm vorbereiteten – neuen Arbeitsmappen an die einzelnen Familien-Mitglieder aus und sagt: „Auf, an die Arbeitstische."

Dandy Workaholic: „Auf los geht es los. An die neuen Arbeitsmappen", meint Lady saurer Apfel zustimmend.

Dandy Workaholic: „... ich habe aber jetzt auch Hunger bekommen. Bin ich aber heute ein Nörgler und eine quengelige Person."

„Wenn ich Lady saurer Apfel mit ihrer Schokolade und sie damit essen sehe ..." Daraufhin sagt Lady Schnatterente:

„... Deshalb wieder deine neue schlechte ungeduldige Laune?" Lady saurer Apfel, bitte um Verzeihung."

Lady saurer Apfel spricht aus, was alle drei Geschwister bereits denken:

„Jetzt haben wir das Dumme-Kuh-Kostüm wieder. Zum Leid aller. Wir sind so lange Zeit gut ohne das Kostüm ausgekommen. Und nun das ..."

Lady saurer Apfel versucht zu schlichten:

„Ich dachte schon, das sei ein spätpubertäres Verhalten, über das das Dumme-Kuh-Kostüm hinwegschaut.

Ein Benehmen von Dandy Workaholic wie störende Sommermücken im Schlafzimmer. Das Kostüm ist ihm auch gerade sicher. So dass er das Kostüm auch garantiert bekommen hat."

Lady Schnatterente zu Dandy Workaholic:

„Du musst eben früher eine Kleinigkeit essen. Und öfters zwischen den Mahlzeiten etwas zu dir nehmen. Dann schlecke eben gleich was. Komm auf. Streng dich an. Iss etwas."

Königin Contenance nähert sich Dandy: „Dir zeige ich das nächste Mal besser gleich, was ich dir mitgebracht habe. Eine Überraschung. Der Kühlschrank im Büro war jetzt eine Woche lang leer ... Belohnung jetzt?"

Sie legt ihm etwas davon auf den Arbeitstisch. „Guck, was ich extra heute für dich eingekauft habe ...

Dandy Workaholic läuft das Wasser im Mund zusammen: „Mmmmh. Leckere Schinken-Käse-Seele."

Königin von Contenance ergänzend: „Lasse sie dir schmecken."

„Der kann ständig essen. Wie wenn er die Überraschung unterbewusst geahnt habe ... Mhhhhhhm. Danke, Königin Contenance."

„Und ich, Dandy Workaholic, spreche dir darauf: Dumme Kuh, das warst du ..."

Und das Kostüm verschwindet sogleich wieder auf Nimmerwiedersehen aus dem Büroraum.

Lady Schnatterente vergleicht: „Dandy Workaholic benimmt sich manchmal wie ein frei lebendes Nimmersatt-Würmchen. In den Straßen und Gassen der Stadt Kaufbeuren. Essen, mhhhm essen und nochmals an ohhh essen gedacht ..."

Dandy Workaholic antwortet: „Mama, ich will auch einen Kuss auf den Mund. Ich komme mir vor, so Dandy Workaholic, wie ein super getarntes Chamäleon im Terrarium."

Königin Contenance hakt nach:

„Willst du auch von einer gefunden werden?"

Dandy Workaholic schaut verdutzt drein und hat keine Antwort parat. „Das weißt du selbst noch nicht. Wie kann man dir da nur dabei helfen?" – „Wahrscheinlich sollen wir dir das Heiraten auch noch zum dritten Mal vormachen", so Papa.

„Guck. Schmatz. Kuss."
Dandy: „Ich will auch eine feste Beziehung."
Lady Apfel: „Dann streng dich an."
Dandy: „Bitte hilf mir dabei."
Papa: „Gib nicht auf deswegen. Dann wird eine gute Lösung daraus. Mein Sohn Dandy Workaholic heiratet bestimmt bald eine tolle Frau. Wenn er es wirklich für sich will. Dann schafft er das auch."
Währenddessen, Minuten später, wälzen die Familienbetrieb-Mitglieder die Blätter durch. Papierkopien. Papiernotizen ... Der nächste Beratungsvertrag einer neuen Firma wird zusammen angestrebt.
Dandy Workaholic: „Alle Mann erneut wieder von vorne: „Rettet die Kundenfirma. Kennenlernen. Forschen. Idee. Und Umsetzung. Dann ergibt sich hoffentlich der erwünschte Warenerfolg für die Kundenfirma." Königin Contenance ergänzt: „Wir haben ein Jahr produktives Zeitfenster."
Lady Schnatterente antwortet: „Die Chefsekretärin von dieser Kundenfirma; die Dame wäre doch was für unseren Dandy Workaholic ..."
„Vielleicht macht deine Frau dich, dass du niemals wieder gestresst bist und stets cool bleibst."
Dandy Workaholic folgert: „Und ich kein Dumme-Kuh- Kostüm mehr tragen muss ..." Und die zwei Ladys lachen herzlich mit ihm über diesen Wortsinn.

Kapitel 13: Komm, Papa helfen

Papa Königskerze ist heute, nach der verronnenen Arbeitszeit, auch nicht mehr so ganz taufrisch. Er hat zudem eine ungewünschte krankhafte Behinderung. Mit einer Einschränkung. Wie ein kämpfender Stier, eine auf die Hörner zu nehmen, gelernt hat, so geht Papa auch mit seiner Diagnose um.

Lady Schnatterente meint zu diesem Sachthema dazu: „Deshalb deine grauen Haare ..."

„Doch deswegen still sitzen bleiben; wenn es im Umfeld Arbeit noch gerade genug gibt? – Bestimmt nicht", sagt Papa Königskerze.

Seine Diagnose: Papa Königskerze ist psychisch erkrankt. Eine Phobie. Angst zu versagen. Angst, die Arbeit zu verlieren. Angst, allein arbeiten zu müssen.

Ein ehrenhafter fleißiger Bürger. Vom Leben gezeichnet. Königin Contenance ergänzt: „Ich bin für ihn da, um ihn zu erinnern, dass das Leben schön ist. Das ist meine Aufgabe, und meine Liebe gehört ihm: Gib nicht auf, mein Schatz." Und gibt ihm einen Kuss auf die Wange.

Papa Königskerze: „Mit der Arbeitseinstellung schaffen wir die Arbeit gemeinsam. Ich weiß, ich fühle es. Wir sind auf dem richtigen Weg."

Der heutige Tag der Familie beginnt früh. Die Kinder wohnen gemeinsam im selben Haus. Jedoch mit eigenen Wohneinheiten. Keine Kinder-Wohngemeinschaft. Die Ladys mittlerweile jeweils mit einem Freund zusammen.

Dandy Workaholic hat es mit Pflanzen nun kapiert. Eine Katze hält es bei ihm jetzt auch schon aus. Jetzt ist Dandy Workaholic bereit, eine Partnerschaft einzugehen. So ergibt sich täglich ein lebhaft reges Treiben im Mehrfamilienhaus.

Kapitel 14: Komm, Papa helfen

Am Werktagmorgen. Um vier Uhr steht Papa Königskerze aus dem gemeinsamen Ehebett auf. Er beginnt, Wäsche im Keller in die Waschmaschine zu stopfen. Kurzwahlprogramm. Vier Maschinen bis sechs Uhr. Die Zeit muss hereingearbeitet werden, weist Königin Contenance stets wiederholt an. Dann den Wischmopp benutzen. Die Frühstückstoasts rösten. Den Nachbarn beim Aufstehen beobachten. Die Hauskatze füttern. Um sieben beginnt er dann den Tag zusammen mit seiner Königin Contenance zu planen ...

Die Kinder sind schon selbständig und groß. Lady Schnatterente und Lady saurer Apfel lieben es, sich morgens groß heraus zu schminken. Und sich modisch zu stylen. Besonders an Business-Eventtagen dauert die Zeit im Badezimmer Stunden. Soll ich das anziehen oder jenes ... Jedoch dabei haben sie gelernt, mit dem Dumme-Kuh-Kostüm-Tragen umzugehen. Die Erkenntnis und die Aussage für die Ladys lauten: Nein danke. Die Fotobilder von mir und dem Dumme-Kuh- Kostüm. – Jahre später noch im Freundeskreis herumgezeigt. Die festgehaltene Blöße in der Situation.

Dann lieber ruhig sein. Nichts sagen – trainieren. So bleibt das Dumme-Kuh-Kostüm weit, weit weg von einem.

Lady saurer Apfel zu Königin Contenance: „Habe ich etwas vergessen während meiner bisherigen langen Bürotätigkeit?"

Papa Königskerze sagt: „Du hast heute schon Schwung und Elan. Gut, dass du nachfragst. Du siehst, du hast kein Dumme-Kuh-Kostüm an ..."

Lady saurer Apfel sagt: „Also mache ich alles richtig. Ich bin also gut."

„Siehst du", meint Lady saurer Apfel.

„Danke. Königin Contenance und Papa Königskerze."

Mama und Papa machen das schon. Es ist dennoch keine altmodische und autoritäre – von oben herab – Familie. Kinder sind nun einmal privilegiert; und wollen auch glücklich sein. Die Ladys und der Dandy mit dem Dumme-Kuh-Kostüm. Die Eltern haben ihre persönliche Lebensphilosophie auch erst lernen müssen. Zwanzig Jahre jung; sind nicht mehr zehn Jahre, im jugendlichen Kindesalter. Gemeint ist damit, dass die Eltern auch mal Kinder von ihren Eltern waren beziehungsweise sind. Und bleiben.

<u>Kapitel 15: Komm, Papa helfen</u>

So hat es Papa Königskerze damals auch ausgesprochen. Mama meint: „Wenn du NICHT vor mir – OHNE Worte – deine Seele verschließt; und nur verletzt, zickig und frustriert schmollst. Dann räume ich dir Freiheiten ein. Dann kommen wir Eltern mit euch klar. Und auch umgekehrt gilt dies."

Königin Contenance sagt: „Guck, so ist es super. Das Dumme-Kuh-Kostüm hat doch Recht. Wir haben alle vom zauberhaften Kostüm dazugelernt. Wisst ihr noch, als es zum ersten Mal an einem unserer Körper anhaftete ...?"

Papa Königskerze kommt ins Plaudern: „Die Geschenkidee, das Dumme-Kuh-Kostüm, habe ich gleich durchschaut."

Dandy Workaholic fragt nach: „... hähhhh, warum GLEICH?"

„... ich habe GLEICH gehört", fragt Lady Schnatterente.

„Stimmt aber", stellt Dandy Workaholic fest, „wenn ich so nachdenke: Ihr habt das Dumme-Kuh-Kostüm als Eltern nie getragen. Es hat sich euch nicht aufgedrängt."

Königin Contenance fordert Papa auf, ihr gemeinsames Geheimnis darüber zu erzählen:

„Nun, die Sache ist hausgemacht. Wir klären auf. Es ist ein – ihnen bekanntes ähnliches Fasching-Geschenk. Vom selbigen Versandshop. Das immer gut beim jungen Nachwuchs ankommt." So berichtet Papa Königskerze.

„Damals, als ich mit Königin Contenance in unserem nicht renovierten Büro gearbeitet habe, da bekamen wir auch ein Kostüm zur Faschingszeit zugestellt.

Tochter Lady Schnatterente hakt beim Wort KOSTÜM nach: „Das ist ja spannend. Was war das für ein Kostüm?"

„Ein Ich-bin-ein-Hippie-Kostüm", so Königin Contenance.

Lady Schnatterente sagt: „Da wäre ich gerne Mäuschen und dabei gewesen, was da los war. Wie spannend."

Königin Contenance amüsiert sich darüber sehr. Lady saurer Apfel kommentiert: „Das dauert heute wieder mal etwas länger ..."

Lady Schnatterente zustimmend: „Du meinst, wir bekommen heute Abend Überstunden auf unser Stundenkonto gutgeschrieben ...? Sag, Papa schafft. Gib."

Lady Schnatterente rückt mit ihrem Bürostuhl näher an ihre Tischnachbarin Lady saurer Apfel heran. Dandy Workaholic fragt nach: „Was ist bitte ein Hippie für eine charakterliche Person? Was meint sie damit?"

„Was macht ein Hippie? Das ist ja interessant."

„Neugierig und wissbegierig ist Dandy Workaholic allemal", so Lady Schnatterente und sie spricht: „Ich meine doch, es dauert heute zeitlich im Büro ... etwas länger."

Papa Königskerze zur Familie: „Das ältere Faschingskostüm muss noch in diesem Holzschrank verstaut sein. Wir schauen jetzt einmal für Dandy Workaholic nach."

Königin Contenance bemerkt: „Das Ich-bin-ein-Hippie–Kostüm, das hat bestimmt niemand in den letzten Jahren ausgepackt ..."

Papa Königskerze erfolgreich und sagt. Ich seit mehreren zweistelligen Jahren vorbildlich nicht: „Da ist es schon. Habe es gefunden. Verpackt und fast wie neu. Doch Dandy Workaholic hat dieses Kapitel noch nicht gelernt. Ich, Papa Königskerze, bin damit erfolgreich durch."

Lady saurer Apfel ergänzt empört: „Bitte. Nein. Bitte nicht. Lasse das bitte. Und ermahnt Dandy Workaholic."

Lady Schnatterente spricht für ihre Geschwister mit einer Stimme und fordert ein: „Liebe Königin Contenance ... bitte öffne das Päckchen auch nicht. Nicht zeigen. Nein. Kein zweites Kostüm. Nicht Dandy Workaholic zeigen."

Lady saurer Apfel zeigt sich bedient: „Danke, wir haben nämlich schon ein Dumme-Kuh-Kostüm in Aktion erlebt. Bitte nicht auspacken ..."

Papa Königskerze erleichtert: „Ufff, das war knapp."

Lady saurer Apfel will das Dumme-Kuh-Kostüm auch mit dem Hippie-Kostüm zusammen zurück in den Kleiderschrank legen.

Als Lady saurer Apfel, die Dumme-Kuh-Kostüm-Verpackung öffnet, erscheint darin das Kuh-Kostüm wie ein Zauber wieder.

Und lässt sich so in die Schutzfolie problemlos zurück in den Karton verpacken.

Lady Schnatterente endgültig: „Ab in den Schrank damit; Die zwei Fasching-Outfits auf Nimmerwiedersehen verstaut."

Lady saurer Apfel und Lady Schnatterente sichtlich erleichtert: „Schrank zu – Klappe zu. Das war es. Das passt. Dandy Workaholic macht damit bestimmt wieder seinen narzisstisch-egoistischen Quatsch. Und bringt uns alle durcheinander."

Königin Contenance gibt sich etwas überrumpelt. Sie hätte das Kostüm gerne vorgezeigt. Jedoch die Damen der Familie haben die überzeugenderen Argumente. Lady saurer Apfel meint: „Die Kostüme rührt ihr bitte nicht mehr an. Das stresst mich, und es ist keine besonders gute Unterhaltung. Ich weiß, was Ehe ist. Ich weiß, wann Dandy Workaholic Mist macht und ein schlechter Einfluss für andere ist ..."

Die gelassenen Eltern mit einem Fragezeichen auf der STIRN: „Was für ein Spaß. Was haben wir damals gelacht und daraus beim Beobachten und Anbändeln von anderen gelernt", so Königin Contenance.

Papa Königskerze beginnt zu erzählen: „... das Ich-bin-ein-Hippie-Kostüm ...", doch dazu mehr in der nächsten Geschichte im vorliegenden Buch.

So auch diese Geschichte. Beinahe wäre die ganze Familie bei der Erzählung von Papa Königskerze hängen geblieben: ... hören ihre Eltern die weiblichen Geschwister kreischen."

Papa Königskerze sagt noch abschließend: „Das Kostüm mit dem Motto Ich-bin-ein-Hippie-Kostüm ist sozusagen nicht mehr gegenwärtig hilfreich." Dandy Workaholic fragt mit jugendlichem Leichtsinn nach. Er will für sich von Papa Königskerzes Ansprache Worte heraus abschreiben und neu für sich zusammensetzen. Königin Contenace unterbricht Dandy Workaholic und behauptet: „Mein Mann und ich. Wir haben einen gemeinsamen Plan."

Dazu sagt Papa Königskerze: „Das Leben ist schön. Ich gebe nicht auf. Ich bin gut. Manchmal spinne ich ein wenig. Doch ich mache

alles richtig." Königin Contenace übernimmt und sagt: „Ich vertraue dir, Papa Köngiskerze." Papa Königskerze zu seiner Tochter saurer Apfel: „Du hast es für dich herausgefunden und als wahr angenommen."
Lady saurer Apfel bedankt sich daraufhin. Papa Königskerze bestimmt und sagt: „So, jetzt aber genug. Seid still und leise. Ich will an unserem nächsten Arbeitsprojekt arbeiten. Ich gebe euch bald die Arbeitsmapen durch ..." Königin sagt: „Er hat es raus. Wir bekommen zum Glück wieder Arbeit von ihm eingeteilt."

ENDE

Spuk im Schloss/Teil 2

Wochenende

im

Weltall

Figuren:
1. Tollpatschiger Geist Undank
2. Hoffnungsloser Geist Flascheleer
3. Naiver Geist Hohlpfosten
4. Langweiliger Geist Tristöde

5. Tochter und Enkelin Mia
6. Mutter Gena

7. Anmutige Grandma Adel Laura
8. Talentierter Grandpa Adel Ernst
9. Bundeschef

Tochter und Enkelin Shortie

Grandpa Adel

Grandma Adel

Kapitel 1: Wochenende im Weltall

Die Familie sitzt in einer Sitzrunde zusammen. Ein weiteres Schuljahr für die Kinder. Abends im Schloss. An der Speisezimmertafel. Ich, der Au-pair-Student, in einer Familie der Stadt Kaufbeuren. – Die selbige Generation wie Frau Gena. Schildere den Alltag im vorliegenden Buch:

Enkelin Dirndl Mia fragt Grandpa Adel Ernst: „Frau Mama Gena behauptet, wir machen bald einen Ausflug. Ins Weltall. Ich frage nach: Stimmt das? Ich will auch mit ..."

Grandma Laura sagt zu ihrer Enkelin: „Aahhhh ... was du nicht alles weißt. Wer macht dann die Mehrarbeit? Du oder ich, zusammen mit unserem Familienvater?"

Enkelin Mia aufgeregt: „Gefallen – hin oder her ... Wann geht es los? Ich will dabei sein. Die Ausbildung ist in ein paar Wochen zu Ende. Lasst mich mit ... ins Weltall ..."

Grandpa Adel Ernst unterbricht ihren Satz und meint darüber hinweg: „Das sind ja unsere lieben Kinder. Komm, lasse das Kleingedruckte auf dem Vertraglichen. – Stimmen wir demokratisch über die Entscheidung, übers Wochenende ins Weltall zu fliegen, ab. Befragen wir zudem auch unsere Schlossgeister; heute Nacht noch ..."

Dirndl Mia fügt noch an: „Dann kann ich meinen Kameradinnen in der Schule etwas Besonderes mitteilen: Ich kenne mich in Kaufbeuren aus. Und ich habe schon einmal das Weltall mit einem Shuttle bereist ... bitte, bitte. Lasst mich das sagen können ..."

Daraufhin mischt sich Grandma Laura ein und kontrolliert: „Fleißige Enkelin Mia, unsere Schlossgeister vernachlässigst du aber nicht. Die müssen noch viel über ihre Aufgaben von uns beigebracht bekommen. Und heute wie immer gilt: Deinen Teller vor dir schön leer essen. Und die Entscheidung mit dem Wochenende im Weltall soll noch warten."

Der komplizierte Geist Tristöde reagiert auf diesen Dialog zwischen Mia und Grandma. Und spukt sogleich im Haus herum und sagt: „Wir üben mehr. Wir wollen keine andere Chefin." Mit einem Reisekoffer in der rechten Hand, Sonnenbrille auf der Nase, einen Strohhut auf dem Kopf, singt er: „Urlaub im Weltall. Für Mia einen Schal ..."

Sodann tappt der blödelnde Geist Tristöde in Richtung Haustüre des Spukschlosses ... und die drei Geisterkollegen kommen beinahe um vor Lachen ...

„Denke an deine eigentliche Aufgabe, Geist Tristöde. Was sollst du lernen und umsetzen?" Daraufhin gesellt sich der depressive Geist Undank mit hinzu. Und hilft Geist Tristöde aus seinem Schlamassel und meint: „Tristöde soll laut Behördengeister-Vertrag uns alle stets erinnern. Ein guter Familien-Haussegen ist eine schwierige Arbeit."

Geist Hohlpfosten ergänzt vorwurfsvoll: „Das hat er dieses Mal verpatzt. Grandma Laura meint, dass wir auf uns gegenseitig Acht geben sollen."

Tochter Mia argumentiert: „Ja, richtig. Ich erfrage eine wichtige Auskunft, und du, Geist Tristöde, hast dich wieder mal in den Mittelpunkt gestellt. Alle sollen dir applaudieren. Ich gebe dir von nun an vor. Habe ich es so korrekt gesagt, Grandma Adel Ernst?" „Ja, gib den Geistern die Verhaltensgrenzen ein."

Kapitel 2: Wochenende im Weltall

Grandpa Adel Ernst am späten Abend. Er begleitet Enkelin Mia zu Bett. Danach will Grandpa sich noch in Studien von Forschungsexperimenten und Theorien vertiefen.

Enkelin Mia ist erschöpft vom disziplinierten Zuhören. Sie will ihre vergangenen Tagesaufgaben reflektieren, um daraus zu lernen und ihren Alltag neu zu steuern, und sagt müde: „Adel Ernst, du hast es gut. Guck. Alles, was du machst, hat Fügung ... Und ich ... ich bin noch zu jung für die allermeisten Aufgaben", meint Enkelin Mia. Sie verfolgt jegliche Spuren und saugt die Erfahrung am Tag wie ein Schwamm auf.

Grandpa Adel Ernst nimmt Mia zärtlich in den Arm und gibt ihr einen väterlichen Kuss auf ihre Stirn. Grandpa sagt abschließend:

„Jetzt siehst du nur mein hohes Lebensalter. Schau in mein Kinderauge. Ich bin ebenso verletzlich und kränkbar wie jedes junge Kinderherz."

Mia, voll erschöpft und müde vom Tag, blickt auf die angelaufene Spieluhr; und das gerade eingesteckte Nachtschlummerlicht. Geist Tristöde, in Tat seine abendlichen Routineaufgaben zu meistern; und Tristöde knipst wie jeden Abend das Deckenlicht aus.

Geist Undank gar spielerisch mit höfischer Geste: Er verbeugt sich vor Enkelin Mia; wedelt mit der rechten Hand einen Gruß; die linke Hand behält er auf dem Rücken; zugleich im Verbeugen bewegt er sich rückwärts aus dem Zimmer.

Enkelin Mia mit geschlossenen Augen, bevor sie unter ihrer Bettdecke einschläft; sie stammelt noch: „Danke für den schönen Tag. Ich habe euch alle lieb ... Seufz."

Der väterliche Grandpa Adel Ernst zu den zwei Geistern: „... das Kind. Wenn es nach ihr ginge, dann würde sie das Schlafen gänzlich auslassen. Das zeigt mir, dass sie uns noch braucht ..."

Der strebsame Grandpa Adel Ernst eilt zu seinem Arbeitstisch, wo Bücher und Mappen auf ihn warten. Er spricht sich selbst darauf: „Bin schon wieder im zeitlichen Rückstand. Zwei Stunden kann ich noch arbeiten. Auf. Auf. Los. Die Konkurrenz schläft nicht. Ich schaffe das."

Geist Hohlpfosten hebt die heutige Post präsentierend in seine Handflächen. – und Grandpa Adel Ernst nimmt die Briefumschläge entgegen: „Die Post ist da." Zudem hämmert Geist Undank einmal an die buddhistische Klangschüssel. Gong. Und Geist Flascheleer scherzt mit dem Satz: „Post. – Für ein analognatives."

Grandpas Tochter Gena beobachtet die Szene im Vorbeigehen. Kurz bevor sie in einem der drei Badezimmer verschwindet, sagt sie: „Ich bin eher ein digital native. Alles andere ist mir zu slow und gefühlsarm. Und eher was für unseren Geist Tristöde."

Grandpa Adel Ernst meint zu Gena: „Deshalb übernimmst du im Raumschiff dann die Public-Relation-Aufgabe; über Posts,

Emotives und Infos ins World Wide Web. Das schaffst du. Schon in ein paar Tagen starten wir ..."

Der praktische Geist Flascheleer macht sich an sein gegenständlich gebasteltes Planentenmodell; setzt Planeten und das Miniatur-Raumschiff am Arbeitstisch geisterhaft in Bewegung: „Guck. So ... Und dann das so ... Und so ..." Das Planetenmodell, das er heute in drei Stunden gebastelt hat.

Grandpa Adel Ernst: „Das hilft mir. So ist es gut. Da fällt mir ein, ich muss noch etwas mathematisch im Voraus berechnen."

Geist Flascheleer fragt: „Das Modell ist also gut?", und Geist Flascheleer voller Aufgaben-Zufriedenheit braust geisterhaft durch die Decke ins obige Zimmer und ruft: „Geschafft. Juppiii. Das war ein Lob aus Grandpas Mund."

Grandma Adel Laura hat das Gespräch mitbekommen, als sie ins Zimmer von Grandpa eintritt: „Dabei hast du Geist Flascheleer ja auch lange in diesen Wochen trainiert. Das ist eine sehr gelungene einstudierte Darbietung. Grandpa hat zudem sogar noch eine Aufgabe daraus für sich ableiten können." „Juppii."

Kapitel 3: Wochenende im Weltall

So das Schloss-Business. Am nächsten, darauf folgenden Tag. Der Maßstab ihrer täglichen Arbeit. Eine Schulklasse übernachtet schon seit zwei Tagen im alten Schloss. Wenn Besuch im Spukschloss ist, glimmert es im Geldbeutel.

Doch wo bleiben die Gäste am Nachmittag: Die achtstündige Wanderung der Schülerinnen und Schüler zu einem Berggipfel ist geschafft. Die Heimkehr zum Schloss ist fast erreicht. Völlig erschöpft und ausgezehrt kommt die Klasse am Schloss an. Sie freuen sich auf eine warme Dusche; auf Seife und frische Kleidung.

Weiteren knurrt der Magen. Andere wollen nur auf dem Bett liegen und einem Radio zuhören. Pause. Ächz. „Endlich zurück im Spukschloss", denken sich die allermeisten Schülerinnen aus der Schulklasse.

Die Stunden rasen dahin. Anstrengung einer Wanderung schon beinahe vergessen. Es ist bereits kurz vor der nächtlichen Geisterstunde. Knapp vor Mitternacht.

Grandpa Adel Ernst und seine Grandma Frau Ernst setzen sich zu den dösenden Kindern in den Schlafsaal. Die Glocke läutet zwölf Mal: DONG. DONG. DONG ... und die Schulkinder stehen nach dem Glockengeläut der Kapelle senkrecht im Bett. Null Uhr. Buuuh.

Kapitel 4: Wochenende im Weltall

Im Schlafsaal. Die ausruhende Schulklasse versammelt. Der spukende Geist Tristöde schaut und spickt erkundend in den Raum mit den Schlafbetten; von der halb geöffneten Türe aus.

Der Geist huscht mit seinem hellen und modrigen Schleier, zudem laut trötend, vergleichbar mit einer Pressluft-Hupe eines Lastwagens, durch den Raum. Der Lärm ist nicht zu überhören.

Geist Tristöde fragt frei in die Schülerinnenrunde: „Wer hat mir einen gegenteilig überzeugenden Grund? Wer kann mir ein Argument dagegen nennen? Soll ich es etwa nicht machen? … doch schon flitzt Tristöde an den nackten Fußsohlen unter den Bettdecken hindurch. An jedem schlafenden Kind im Bettensaal vorbei. Geist Tristöde mit Genugtuung: „Das ist ein Fünf-Sterne-Spuk. Im Schloss von Familie Adel. Der funktioniert garantiert immer.“

Der gelangweilte Geist Tristöde erreicht bei den Kindern eine ihnen unerwünschte Körperreaktion. Sie ziehen ihre nackten Füße hoch. So kitzelt Geist Tristöde jede Schülerin wach. Er entwischt ihnen dabei unbestraft. Und flieht durch den offenen Speiseaufzug in der Wand. In das obige Stockwerk. In dunkle Nachtschatten hinaus. Die Lehrerin sagt: „Super, jetzt sind alle Schülerinnen wach. Na toll.“

Die Schülerinnen vorwurfsvoll: „… wer ist der Geist? Was ist los? Was hat er um mitternächtliche Stunde mit uns vor?“

Eine Schülerin, völlig verzweifelt, fragt: „Ich sage, ich muss aufs Klo. Pipi machen. … was? Warten …“, doch die Schülerin ist nicht mehr aufzuhalten, „Pipi …“ „Warten?“ Die Schülerin ist dabei nicht alleine. Ihr folgen drei kreischende Schülerinnen … „Ich muss auch.“ … und die kleine Klo-Gruppe flitzt aus dem Schlafsaal. Mit der Erlaubnis der Klassenlehrerin.

Als ob dieses Chaos noch nicht genug wäre, stellt eine junge Schülerin Folgendes fest: „Ich will gerade meine Wanderstiefel anziehen. Dann … ahhh … bemerke ich, dass die Stiefel voller Wasser sind. Randvoll mit Wasser. Fürchterlich. Das macht doch niemand mit Absicht.“

Ihre Socken sind jetzt nass. Und müssen gewechselt werden. Ein Spukstreich, der die Handschrift der Schlossgeister trägt. Die Schülerin meint zu ihrer Bettnachbarin: „Typisch unausgeglichene Geister. Das sieht sehr nach Geist Undank aus ... Undank ... Unnndaaank, antreten."

Der zielgerichtete Geist Undank voller Stolz und mit anerkennendem Erfolgserlebnis sagt: „Das hat gepasst. Spuk gelungen." Und hakt auf seinem Tab den Spuk als erledigt ab. Alle Schülerinnen sind davon genervt. Erledigt.

Von Geist Tristöde bekommt Geist Undank ein Bravo; und Tristöde klatscht ein paar Mal mit seinen Händen und sagt: „Erste Klasse. Der spitze Spuk. Der hätte von mir sein können. Der Spuk kommt nach Weihnachten in den Jahresrückblick."

Geist Tristöde kumpelhaft zu Geist Undank: „Dieser Spukstreich mit dem Wasser in den Stiefeln war für heute nicht eingeplant. Doch ich empfinde es als gelungen. Und gebe dir die Note zwei dafür."

Die Lehrerin, am Rande des Machbaren, fordert ihre Kinder auf und sagt: „Alle Stiefel in das Waschbecken. Und das Wasser ausschütten. Auf. Auf jetzt. Keiner hat jetzt etwas anderes zu tun oder vor ... danach stellen wir alle Wanderschuhe am Kachelofen zum Trocknen auf. Bis morgen früh sind die hoffentlich alle wieder von innen getrocknet." Die Klassenlehrerin ist sauer, da die gemeinen Geister ihre Tagespläne durchkreuzt haben. „Wenn sie nicht trocken sind, dann ..."

Eine Schülerin meint ergänzend den Satz ihrer Lehrerin und sagt: „... dann, dann ist sie richtig verärgert. Dann bekommt sie einen roten Kopf ... davon."

Die unbeholfenen Kinder folgen den Anweisungen ihrer Lehrerin gelangweilt. Mit dem Wort MUSS im Bewusstsein. Eine Schülerin sagt: „...aber jetzt ist doch Geisterstunde. Wir wollen nichts verpassen." Und so sind die meisten Schülerinnen sofort zurück und setzen sich wieder gemütlich auf ihre Schlafbetten. Chips, Popcorn und kleine Salzbrezeln werden unter den Kindern geteilt und geknabbert: „Das macht Laune ..."

Ihre autoritäre Lehrerin fügt an: „Ich mache auch mit", und sie denkt dabei nur an das Trocknen. „Die Schuhe müssen bis Morgenvormittag einsatzbereit sein." Die Klassensprecherin zu ihren Mitschülerinnen: „Sie sieht in uns rein." „Gut. Wir gehorchen ihrem Befehl ... wir tun, was unsere Lehrerin sagt."

Die nächtliche Spukstunde schreibt bildlich, bei dem Erleben von Geisterstreichen im Spukschloss, wieder mal unvergessliche Geschichte ... Eine Schülerin sagt: „Blöder Glotzkasten. Wenn es doch Spukgeister zu erleben gibt. Wie unheimlich. Buhh." Sie schnappt sich ihre Salzbrezeln und bleibt gespannt ...

Kapitel 5: Wochenende im Weltall

Der organisierende Grandpa Adel Ernst ist amüsiert über das Spukwerk der vier Geister und spricht zu seiner Ehefrau; er ruft die vier Geister zu sich und möchte nun die Sache mit der Abstimmung für sich und alle als Bereicherung gewinnen: „Na.

Seid ihr alle für ein Wochenende im All? Ihr vier Geister habt dann sturmfrei im Schloss. Das bedeutet aber nicht arbeitslos sein oder gar faulenzen während der Mitternachtsstunde.

Der nachdenkliche Geist Hohlpfosten meint: „Beim heiligen Lasse-mich-auch-noch-mit. Ich sage es ehrlich heraus. Nicht durch die Blume sage ich ..." ... Enkelin Mia fordert ihn auf: „Mach mal wieder Sprechpause und komm zum Schlusspunkt." Geist Hohlpfosten strengt sich nun mehr an und sagt: „... kurz: Meine Zustimmung hast du, lieber Grandpa Adel Ernst. Bin nicht dagegen. Wir wünschen euch viel Freude beim Wochenende im All."

Zunehmend gewöhnt sich Grandma Adel Ernst an ein baldiges Wochenende im Weltall. Sie bemerkt dabei, wie alle bei der Idee aufblühen. Alle vier Geister sind dafür, wenn Geist Flascheleer nichts Gegenteiliges ausspricht.

Der pubertierende Geist Flascheleer sagt: „Ich enthalte mich, um zu beweisen, dass dies eine demokratische Abstimmung ist ... Aber ehrlich gesagt, ich passe ... ich schließe mich gerne DOCH der Mehrheit an ... Also bin ich auch ... ahmmm ... dafür ... Also ich bin also ... ahmmm hiermit einverstanden. Habt ihr mir das draufgesprochen. Oder ist es meine Hormonschwankung ..."

Der ungeduldige Geist Undank sagt: „... hast du dich jetzt endlich entschieden? Dann gut. Jetzt besser. Flascheleer braucht mal wieder eine extra Einladung, um sich Klarheit zu verschaffen ... typisch Geist Flascheleer." Geist Undank meint: „Jetzt wird alles gut. Ich helfe gut sagen ..."

Grandma Adel Ernst nimmt das Wort an sich: „Abgemacht. Wir verreisen über das Wochenende ins All. Das macht mich und Grandpa zufrieden und glücklich."

Mutter Lana: „Dieser Ausflug ins All findet bei uns nicht zum ersten Mal statt. Nur für Tochter Mia wäre dieser Flug ein Jungfernflug ins Weltall."

Kapitel 6: Wochenende im Weltall

Der einfallsreiche Geist Undank zeigt mit dem Zeigefinger auf lecker aussehende Krapfen. Anscheinend süße Stückchen, vorbereitet auf einem Speisewagen, und er sagt: „Die sind für unseren heutigen mitternächtlichen Buffet-Tisch ... Zwinker, zwinker: Ich mache dann etwas wieder gut ..."

Der hinterlistige Geist Undank kommentiert: „Scherz: Schön die Hintergrund-Videotextnachrichten lesen, glaubt nicht alles, was ihr seht oder hört ... ich meine damit: Nichts ist so, wie es scheint ... Ich würde das Auslassen der Krapfen auf zu viele Kalorien gedanklich abwälzen ... das ist ein guter Tipp ..."

Noch dreißig Minuten, bevor die vier gemeinen Geister wieder in die Nacht im Spukschloss entschwinden. Eine hungrige Schülerin betrachtet die reizvollen Krapfen und sagt: „.... macht ihr wirklich das mit dem pürierten Essen wieder gut? Ohhh. Ahh, Krapfen ... lasst mich mal durch. Ich will einen testen ..."

Eine größere Anzahl von Schülerinnen wendet sich sofort von den Krapfen und der Schülerin wissentlich ab ... „Pfui ... Würg ... mir wird übel."

Der siegessichere Geist Undank klärt zum wiederholten Mal für ein paar Schülerinnen leise auf und sagt: „Der Puderzucker ist nicht Zucker, es ist Salz-Mehl. Und die süße Marmeladenfüllung ist nicht drin. Ersetzt durch extrascharfen Chili-Dip ... Das bekommt ihr heute von mir zum Naschen serviert. Hihi. Ich bin bei euch jetzt nicht mehr allzu beliebt. Stimmt's? Von mir wird das aber erwartet. Ich kann das halt gut. Ich bin ein Spukgeist", der nächtliche Spukscherz „Krapfen" findet wieder mal einen miteifernden Abnehmer. Eine Schülerin meldet sich und sagt: „Was es nicht alles gibt ..." Die aufklärende Schülerin ist gedanklich geschafft: „Die Geister bringen alles durcheinander. Was für ein Spukchaos ..."

Frustrierte Schülerinnen machen sich wieder mal an ihren Süßigkeitenvorrat in ihren Reisekoffern. Daraufhin meint eine Klassenkameradin zu ihr: „... ich habe mich den ganzen Tag auf Krapfen gefreut. Menno. Das waren also Krapfen ... Jetzt bekomme ich, ich Dummi, den Fakekrapfen-Geschmack nicht mehr aus dem Mund ... Zähneputzen. Bürsten und Spülen sind angesagt ... Ich putze schon seit zehn Minuten, und langsam wird es erträglich."

Um sich zu belohnen, mampfen die Schülerinnen somit ihr mitgebrachtes Süßes aus ihrem Reisegepäck. Der Gefühlsfrust muss weg ... Eine Schülerin knabbert schon an einem erhältlichen Schokoladen-Nikolaus ... Eine hat aus der Konditorei fünf Schokobananen dabei und teilt diese mit einer Schulfreundin.

So verkriechen sie sich allmählich und enttäuscht wieder in ihre Betten; kuscheln sich unter ihre Schlafdecken und in ihre

Kissen ... sie wünschen sich noch gegenseitig eine ruhige Nacht und richtig süße Träume.

Die Klassenlehrerin meint zu Schlossinhaberin Grandma: „Der Wandanstrich ist – Scherz – aber älter als die Spukschloss-Hauswände. Und die immer wieder neuen Besuchergäste machen es nicht besser ...“

Daraufhin antwortete Grandma: „Das können wir momentan nicht ändern. Es ist keine finanzielle Frage. Ihr könnt euch unsere vier Spukgeister vorstellen, die die Farbe im ganzen Haus gar ungewollt verteilen. Die lassen dabei keine Oberfläche aus ...“, und Grandma sieht man den Ärger an. Malerarbeiten sind dringend nötig.

Eine einmischende Schülerin meinte: „Schicke sie alle vier zu einer Schulung der Geisterbehörde. Dann kann die Farbe so lange trocknen, bis die vier wieder eintreffen ...“

Die geschlauchte Lehrerin sagt müde zu allen: „Die Geisterstunde ist für heute nun zu Ende. Bettruhe.

Die Geister haben sich verabschiedet.

Ab in die Betten. Schlaft gut, liebe Schülerinnen. Ich bin mit eurem Verhalten heute zufrieden. Ihr habt nicht aufgedreht und nicht den Spuk nachgemacht. Habt ihr doch von uns gelernt. Gute Nacht, liebe Schülerinnen und Schüler.“ Alle zusammen: „Gute Nacht, Frau Lehrerin. Und gute Nacht, liebe Grandma.“ Und alle schlafen zeitlich gleich ein.

Kapitel 7: Wochenende im Weltall

In der selbigen Nacht. Die Besuchergruppe mit der freundlichen Klassenlehrerin liegt vollzählig, jedoch dösend in ihren Betten. Im Schlafsaal. Es ist noch Mitternachtsstunde. Die Kinder hören andächtig dem wütenden einsetzenden Unwetter zu ...

Die erschöpfte Lehrerin, gerade wieder erwacht, empört sich über ein Donnerwetter und meint: „Das tosende Unwetter hat sich nicht vorher angekündigt." Eine aufgewachte Schülerin meint: „Dass das alte Schlossdach nicht wegfliegt, ist gar noch alles." Die genervte Lehrerin sagt: „Das kann ich gerade noch brauchen ... ein tobendes Unwetter ..."

Donner, Blitze und Regengüsse. Die aufklärende Klassenlehrerin behauptet aufgebracht und zugleich enttäuscht vom beginnenden schlechten Wetter: „Aber der alte Wetterbericht im Radio kündigt schönes Wetter an. ... Morgen wollen wir doch gemeinsam ... Mist ... wir haben ein Unwetter."

Schon blitzt es gefährlich durch das Fenster, und es donnert gewaltig wieder draußen ... Drei Matratzen stehen zum Teil unter Wasser, da Wasser von der Decke tropft. Eimer sind schnell gefunden, damit das Wasser aufgefangen wird.

Zwei Schülerinnen erklären sich dazu bereit, die Eimer nach fünf Minuten zu leeren ... Eine Schülerin meint dazu: „Da oben im Himmel ist aber einer sauer. Was für ein ohrenbetäubendes Unwetter." Zippp ... Broch ... Fiptz ... Dommm ...

Die vier bekannten Mädels kreischen wieder im Vorbeirennen an ihrer Lehrerin. Sie eilen gemeinsam, um zur Toilette zu eilen: „Der Donner." „Die Blitze. Ahh, wie unheimlich sich das

Donnerwetter im Schlossgebälk anhört ..." „Ich muss Pipi." „Ich auch. Pipi." „Ich bin zu noch zu jung und zu klein dafür. Pipi ..." Die Lehrerin: „Aber davor großtun und einen Freund haben wollen. Ich verstehe eure pubertierenden widersprüchlichen Aussagen nicht ... Also in fünf Minuten seid ihr zurück ..." Die lieben, braven und netten vier Schülerinnen meinen: „Wir sind gleich zurück in unseren Betten ... Blödes Donnerwetter ..."

Die Lehrerin meint zu ihren vier ängstlichen Schützlingen: „Ihr macht alles richtig. Beruhigt euch. Ihr seid aber gleich wieder zurück vom Toilettengang ... wie in der vergangenen Nacht beim Pipimachen muss sein."

Daraufhin ruft einer ihrer Schützlinge zurück: „Nur Pipi machen. Wir machen uns sonst in die Hosen ... Ich muss auch Pipi machen ..."

Doch dann plötzlich. Im Schlafsaal. Nach einer Weile. Unwillkommenes Unwetter-Entertainment. Stille. So schnell, wie es gekommen ist, ist es auch wieder vorbei ...

Daraufhin hört jeder – jeden. Keiner traut sich etwas zu sagen. Die Geräuschkulisse ist vorbei. Keiner raschelt mit der Decke und keiner bewegt sich. Unheimlich. Es ist mucksmäuschenstill ... Das Unwetter stoppt abrupt.

Die Klassensprecherin pupst laut – Blähungen vor Nervosität. Alle haben den Pups gehört. Doch keine der Schülerinnen traut sich, peinlich berührt, sich mit einem Kichern oder Spott zu melden.

Keine macht eine mündliche Meldung ... Es ist unheimlich. Die Schulklasse und die achtunddreißig Augenpaare gucken im

Dimmerlicht sich gegenseitig an. Es ist keine Angst. Eher ein Unbeholfen- und Überraschtsein ...

Ruhe. Das Schloss atmet merklich auf. Stille. Eine Schülerin mit landwirtschaftlichem Elternhaus meint: „Jetzt sind wir im Auge des Sturms. Oder es hat wirklich geendet ...“ Eine erkundende Schülerin geht zum Fenster: „Da.“

Der einfallsreiche Geist Hohlpfosten hört plötzlich mit dem Blechwellen auf; das sich im Hausinneren nach Wolkendonner anhört.

Danach der fiese Geist Flascheleer mit dunkler Sonnenbrille. Legt den Fotoapparat mit Blitzgerät weg; ein elektrisches Blitzlicht, das am Fenster und im dunklen Schlafraum wie mächtige Gewitterblitze aussieht. Geist Flascheleer am Rande des Machbaren sagt noch: „Der Akku hätte nur noch vier Sekunden ausgereicht.“

Nicht zuletzt Geist Tristöde. Er, mit Regenmantel und Gummistiefeln, stellt den Rasensprenger auf Stufe null. Der Gartenrasen-Wassersprenkler, der das Wasser laut an die Fensterscheiben prasseln lässt.

Gekonnt abgelaufen und einstudiert. Die Gewittershow ist nun vorbei. Geist Undank stoppt das Dirigieren des künstlichen Unwetters. Sodann gibt er nach dem Stopp-Handzeichen, mit dem Arm über dem Kopf ausgestreckt, ein Handzeichen mit einer Faust und lediglich der Daumen nach oben. Was wertend sehr gut bedeutet. Der kreative Geist Undank fasst zusammen: „Sie haben uns unser Donnerwetter fast als wahr abgenommen.“

Schloss-Geistertruppe. Die vier Spukgeister vermelden: „Die haben wieder fast vor Aufregung und Hilflosigkeit alle in ihre Schlafis gemacht. Das Unwetter war eine super Geister-Spuk-Show. Yes. Auftrag Spuk im Schloss heute erfüllt. Voll gelungener Spukstreich. Strike."

Der studierte Geist Undank legt sein mittlerweile nasses und tropfendes Taschenbuch auf den Tisch:

Wie mache ich ein Gewitter;

mit seinem ausgesprochenen Kommentar:

„Gelesen, studiert. Und ausprobiert. Yeah."

Der langweilige Geist Hohlpfosten sagt daraufhin: „... trockenes Buch schaut anders aus." Der belesene Geist Undank antwortet: „Das weiß ich." – Hoffentlich hat Geist Undank den Buchinhalt in sich abgespeichert ... Das Buch ist nun Kompost ... Altpapier. Nicht mehr lesbar durch das viele Wasser ..."

Die Schulklasse ist über das Ende des laut wütenden Schauspiels nun sehr dankbar. Die Schülerinnen wollen nun schlafen. Müde Äugelein schauen energielos an die Raumdecke ...

Die braven Schülerinnen legen sich wieder in ihre gemütlichen Betten zurück.

Die nassen Matratzen. Der Scherz mit den nassen Matratzen geht auf den einfallsreichen Geist Undank zurück. Diese drei Betten wurden schnell noch von der Klassenlehrerin gewechselt. Das Gepäck ist dabei nicht vom Wasserschaden betroffen. Und die Lehrerin meint: „Schluss gut, alles bestens."

Sie löschen das Deckenlicht und die Lehrerin sagt im Dämmerlicht besänftigend: „Die haben uns heute Nacht wieder mal richtig drangekriegt. Wir sind darauf reingefallen. Wie im Tennis-Chargon gesagt: Vorteil Geister ..."

Der noch aufgedrehte Geist Undank sagt ihnen darauf: „Liebe Schulklasse, ihr bekommt morgen zur Wiedergutmachung leckere Krapfen zum Frühstück ...", lacht spöttisch und verschwindet in der nicht beleuchteten Flurnacht.

Im Schlafsaal leuchtet noch ein batteriebetriebenes LED-Nachtlicht. „Keine echte Kerze erlaubt", sagt Mia immer: „Wegen der Brand- und Feuergefahr."

Vereinzeltes unwissendes „Mhhmm. Lecker" geht durch den Schlafsaal bei den Schülerinnen; manch einer hat diesen Streich der gemeinen Geister verpasst. Zur Erinnerung: Salz-Mehl statt Puderzucker. Chili-Dip als Füllung anstatt einer süßen Marmeladenfüllung und Puderzucker darauf ...

Die ausgesprochene Krapfen-Mitteilung von Geist Undank klang freundlich. Doch das Geistertreiben in nächtlicher Stunde muss aufgenommen und verstanden wissen; frei nach dem Motto: Geister spuken eben immer und überall ...

Zwei übereifrige Schülerinnen, die nicht über den Krapfenspuk vom Frühstück aufgeklärt sind, unterhalten sich und meinen mit Blick auf die gesponserten süßen Stückchen: „Ich esse davon sieben Krapfen." „Schlag ein. Corona-Check." „Wette abgemacht."

„Das schaffe ich. Wenn nicht, dann esse ich ein Jahr lang keine Krapfen mehr ..." Die fürsorgliche Lehrerin wird hellhörig und meint: „Spinnt nicht ..." Doch die Schüler unbenommen handeln ihre Wette aus: „... ein Jahr lang. Ich esse dann zwölf Monate keine Krapfen mehr."

So ist es. Die Kinderwette ist abgemacht ... Krapfen gibt es ja auch normalerweise nur einmal im Jahr, in der Faschingszeit ...

Die Lehrerin zu den verhandelnden Schülerinnen: „Das Krapfen-Fasten kann dann ja nicht so schlimm sein ... Schlaft jetzt." „Gute Nacht, Frau Lehrerin."

„Gute Nacht, meine lieben Schülerinnen."

Kapitel 8: Wochenende im Weltall

Es ist der Werktag: Freitag. Die Familie mitsamt den vier spukenden Schlossgeistern am Arbeiten und am Tun. Der kluge Grandpa Adel Ernst studiert seine Unterlagen und spricht zu sich: „Lasse mich die Infos verstehen. Dummsein ist out."

Die fleißige Mutter Gena und die erfahrene Grandma Adel Laura, die ihr über die Schulter schaut, organisiert die Einstellungen im Cockpit: „... zweiter Hebel auf Grün. Joysticks in dritte Stufe einrasten. Beachten und überprüfen der Warnlichter ... o.k. ..."

Die vorsichtige Grandma Adel Laura kontrolliert noch mögliche umherfliegende Gegenstände im Weltraumgleiter und bindet diese gegebenenfalls fest. Verbannt alle losen Dinge hinter Netze und in den kleinen Lagerraum:

Enkelin Mia, in full concentration, checkt die Einstellungen des Shuttles. Legt ihre Stricknadel mit fast fertigen Socken zur Seite und spricht vor sich hin: „... Jetzt wird es technisch wichtig. ... siebte Anzeige auf normalen Temperaturwert überprüfen. Gelbes Licht. Funktionsüberprüfung der Düsen ..." Weiter meint die herzliche Enkelin Mia wertschätzend zu Grandma gar liebevoll:

„... ich finde unsere Familie spitze." Die umsorgende Grandma freut sich über den Satz und behauptet: „Wir als Großeltern geben uns ja auch wirklich alle Mühe. Blöde Konflikte gibt es nach Gewohnheitsroutine überall. Komm. Auf, wir strengen uns wieder mehr an."

Die lernende Enkelin Mia freut sich, dass sie in die wirklichen Arbeitsabläufe eingebunden ist: „... ich freue mich auf meinen achtzehnten Geburtstag. Dann heißt es für mich: Ich darf tun. Darf ich dann, in einem Jahr, mit ins All fliegen ... das stelle ich mir voll genial vor ..."

Der erschöpfte Grandpa Adel Ernst kommt hinzu: „Wer solche positiven Kommentare über unsere Familie ausspricht, kann auch sicher perfekt nützlich sein ... Die Stellhebel in der Shuttle Control Area sind bestimmt alle bisher richtig eingestellt; ... du, Mia, machst jetzt weiter damit und ich unterstütze dich mit bei den Shuttle-Flug-Einstellungen."

Mia begeistert: „Ich darf zum Wochenende mit ins Weltall. Heißt es das für mich. Wirklich? Das wäre: Wow."

Grandpa Adel Ernst zu Enkelin Mia: „... wir haben noch eine Stunde. Bevor wir das O. K. zum Take-off bekommen. Komm, klären wir noch zusammen die High-End-Technologie des

Shuttles bis dahin auf ... und ich bringe dir noch das nötige Wissen bei ... Ja, du fliegst heute mit uns ins All ..." Zufrieden genießt Mia die Wartepause. Und beschäftigt sich wieder mit ihren Stricksachen.

Kapitel 9: Wochenende im Weltall

Enkelin Mia zu Grandpa Adel Ernst: „... ich frage mich selbst oft, lieber Grandpa: Wann bin ich im Leben mit mir zufrieden?" Der erfahrene Grandpa Adel Ernst antwortet ihr: „Nun, das ist gar nicht ganz so einfach zu regeln. Ich bin auch eine ganz andere Generation als du. Und zweifeln tut jeder an seinem Handeln und Tun ..."

Enkelin Mia behauptet weiter: „Ich bin derzeit eingebunden in die Familie. Und in den Familienbetrieb. Da brauche ich keinen Prestige-Ehemann. Einen Partner wie einen verehrten Sänger, um mein Ego oder meinen Narzissmus zu bedienen – nein ... ich will intensiv mit meiner Arbeit täglich zusammenkommen. Und darin aufgehen und erblühen ...

... nicht auf das begehrte Schattendasein vom Rampenlicht des Partners sich zu verlassen. Die Spot-Scheinwerfer sind auch nicht das ganze Leben an. Und nicht zu jeder Stunde den Bedürfnissen hell genug." „Gut gesagt, liebe Mia", so Grandpa Adel Ernst und er spricht weiter:

„Strahler – auf Gespräche von Mitmenschen hören – um sich im fremden anderen zu sehen ... ist dem Untergang geweiht."

Grandpa Adel Ernst fügt an: „Das stimmt. Ich habe bei meiner Partnerwahl auch an mein Älterwerden gedacht ... Und andere sind eine Art seismographische Sensoren. Du, liebe Mia, musst wissen, was wichtig für dich und deinen selbstbestimmten Lebensweg ist."

Enkelin Mia antwortet: „Ja, manchmal ist es sehr schwierig. Aber dann heißt es auf Zähne beißen." Enkelin Mia sagt daraufhin: „Ich will mich unterstützen und im Tag eigene Ziele mit gewohnter Anerkennung verfolgen. Und wünsche mir einen normalen, gewöhnlichen Mann."

Grandpa Adel Ernst meint: „Manchmal gibt es Bedingungen, da fallen fünf Sachen auf einen Punkt und es gibt Tage, da muss man etwas aussitzen, bis es vorüber ist. Da fließt noch viel Wasser die Wertach hinunter, bis sich die gefühlte Welt wieder versöhnlich zeigt."

Enkelin Mia antwortet: „Ja, deshalb gehe ich auch nicht ganz alleine nach vorne. Und will nicht die Allerbeste und nur die einzige Beste sein. Ich will morgen auch noch auf meinem Stuhl sitzen können ...."

Grandma Adel Laura fügt dem Gespräch an: „Meine Enkelin Mia will lieber den Nachbarsjungen heiraten." Mia antwortet: „Ufff. Da habe ich etwas gesagt. Nagelt mich nicht darauf fest .... na gut. Einverstanden. Der Nachbarsjunge. Wenn es dann so weit ist." Grandma ergänzt: „Gib dir selbst ein und sprich es aus: Ich gebe nicht auf. Das Leben ist schön."

Kapitel 10: Wochenende im Weltall

Grandpa Adel Ernst fordert alle auf anzupacken und meint: „Wir üben heute nicht, sondern wir verreisen mit dem Shuttle; übers Wochenende ins All. Wissenschaftliche vorbereitete Experimente in Schwerelosigkeit. Durchzuführen, um beispielsweise: eine spezielle Technologie durch unterschiedliche Versuchsfaktoren voranzubringen. Und einen Glückstreffer für eine neue Erfindung zu erreichen.

„Wir haben wieder wirklich wichtige Arbeitsexperimente zu tun. Das ist unser Familien-Broterwerb Arbeit", so der Verantwortung tragende Grandpa Adel Ernst.

Testphase und Probesimulation sind im Shuttle abgeschlossen. Heute ist der anberaumte Tag. Es gilt jetzt wieder. Es geht ins All. Die geschäftliche Anmietung des Weltraumgleiters war teuer genug. Da muss jeder Handgriff bei den Experimenten sitzen. Zeit ist Geld. Eine gute Vorbereitung ist die halbe Miete.

Zielbewusst Grandpa Adel Ernst zur Familie: „Wir müssen uns daher am Wochenende sehr anstrengen. Am Sonntagabend müssen wir pünktlich mit dem Weltraumgleiter vertraglich zurück auf der Erde sein. Der Ablauf muss total exakt ablaufen, liebe Mia."

Grandpa Adel Ernst ist in seinem Element und arbeitet: „Hebel Fenster circa in Mittelstellung bringen ... Guckfenster öffnen. Booster reduzieren. Geschwindigkeit verringern. Am Lenkrad steuern. Funktionstasten einschalten. Freigeben. Und Hebel fünf aktivieren."

Der arbeitswillige Grandpa Adel Ernst bringt den Shuttle Weltallgleiter gekonnt in selbige Umlaufbahn wie einen der zahlreichen Satelliten in den Umlaufbahnen dort.

Die ausgebildete Mutter Lana ist eingeteilt und übernimmt die Aktion im Weltraum als bemannter Außeneinsatz. Um den Satelliten 73AF23F zu warten: „Aufnehmen. Satelliten ins Raumschiff. Auftanken. Reparieren ... Verschleißteile ersetzen; um eine Stunde später den Satelliten in die Umlaufbahn zurückzusetzen. Und ihn dann seine Arbeit wieder übernehmen zu lassen."

Kapitel 11: Wochenende im Weltall

Dann kann die Reparatur des Satelliten beginnen. Die fleißige Enkelin Mia hat noch Fragen bei Grandpa Adel Ernst, als sie die Datenkommunikation und deren Funkwellen von der Satelliten-Sensorfläche auf einen zeitweisen Sensor des Weltallgleiters, die Datenleitungen umsteuert. So dass circa fünf Prozent der Kommunikation weiter sicher fließen kann.

Enkelin Mia fragt nach: „Darf der Mann auf der Erde das, Grandpa?" Sie bemängelt einen ausgesprochenen Schimpfwort-Ausruf seitens des Bundeschefs. Ein emotionales Erwachen in ihrer neuen Arbeitssituation. Doch Enkelin Mia fährt unbeirrt mit ihrer Aufgabe fort: „... wenn, dann hat er es nicht so gemeint. Meine Arbeit kann ich gut. Ich werde es diesbezüglich nochmals ansprechen ..."

Grandpa meint kurz: „Ich vertraue dir. Das schaffst du selbst. Wir reden später darüber ...“

Nur noch eine Bundeschef-Leitung darf nicht unterbrochen, nur umgepolt werden. Sie ist nun nötigerweise entschlüsselt. Mia hört mit. Sie wiederholt ihre Aufgaben-Listenpunkte erneut: Nur abgebrochen darf seine Verbindung 2K=1 nicht werden. Das ist eine Anweisung von hoch oben ...

Der Bundeschef verunsichert und davon überrumpelt: „... was? Zwickmühle ... ich bin hier der Chef ... unverschlüsselt ...“

Die kleine Enkelin Mia strengt sich mit der Aussprache der richtig gewählten Worte besonders an. Mit wenig Berufserfahrung, doch mit viel Arbeitswillen. Sie zeigt sich etwas unsicher und ist noch unbeholfen und sagt zum Bundeschef: „Zwei kurze Unterbrechungen; mit weniger als fünf Millisekunden. Eine längere Dauer von circa sechzig Minuten.

Erste Unterbrechung ... PIEPS ... Krasch ... Krasch ... In einer Stunde dann das Selbige again. Ich muss Sie, Herr Bundeschef, darauf hinweisen, dass das Telefongespräch jetzt für eine Stunde nicht mit drei Grad verschlüsselt wird ...“

Der genervte Bundeschef will seine Arbeit weitermachen können und bedankt sich dennoch für die Auskunft der gut ausgebildeten Enkelin Mia. Der Bundeschef antwortet Mia und sagt: „Danke. Und ich bitte um Verzeihung für manch ein böses Wort zwischen uns. Ich will Sie, liebe Mia, nicht wirklich mit meinen Worten beleidigen. Verzeihung *bitte.* ... ich bin auch manchmal selbst ein verpennter Siebenschläfer.“

Enkelin Mia sagt: „Schon o. k., habe es schon vergessen ... Wir schauen gemeinsam darüber hinweg. Ich weiß, Sie haben gerade viel zu organisieren ... Ich kann einen vorgeschobenen Weihnachtssong einspielen ..." Der Bundeschef sagt daraufhin: „Nein danke. Bitte keine Musik. Ich versuche dennoch weiterzuarbeiten, liebe Mia."

Der vielbeschäftigte Bundeschef in einem wichtigen Staatsgespräch – hält inne, um die Unterbrechungen zeitlich zu überstehen. Damit keine Wörter im Weltall verloren gehen ... dann wäre es im Nachhinein ein bildliches Mensch-ärgere-dich-nicht-Spiel. Das haben der Bundeschef und Mia verstanden.

Enkelin Mia lässt ihr erlerntes Protokoll gedanklich ablaufen. Sie bittet nun bei dieser Wartungsarbeit um förmliche Verzeihung, um ihre gelernten informierenden Sätze auszusprechen:

„... ich bin klein und das muss sein."

So hat es Astronautin Mia in der Unterweisung und Ausbildung erlernt. Enkelin Mia klärt ihn weiter auf: „Es steht unbestritten demnach im Anschreiben. Dem Zettel, den Sie vor fünf Minuten ausgehändigt bekommen haben ... Darauf befinden sich das Protokoll und die Schilderung unseres Arbeitsablaufes."

Der verunsicherte Bundeschef sucht nach Worten und redet leise mit sich. „... ich glaube, ich habe etwas verpasst ..." Mias Mutter, die diesem Gesprächsdialog teilweise folgt, meint: „Er denkt bestimmt, die Außerirdischen fallen bei ihm durch die Telefonleitung ein ... mache langsam, liebe Mia. Du weißt doch, wir wollen keine Unfälle oder Missverständnisse."

Der Bundeschef korrigiert sich: „Tun Sie, was Sie tun müssen, liebe Frau Mia. Danke für Ihre Arbeit. Ich habe so lange Redepause. Ich habe gerade in dem Moment Ihren formellen Brief gelesen. Den habe ich verstanden. Eine Stunde Pause. Gut, dann warte ich in der Telefonleitung mit der Konferenzschaltung ... mit zehn Gruppenleitern ...“

Der geschäftige Bundeschef legt den Brief vom Posteingang zum Gelesen-Fach. Enkelin Mia schuftet.

Sie meldet sich nach Minuten Gesprächsstille wie folgt: „Jetzt kann ich Ihre Leitung gleich wieder freigeben. Wir brauchen gemäß Übungsplänen noch etwa fünf Minuten, um den Satelliten, einen von fünftausend in der Erdumlaufbahn, fertig zu warten.“

Ich-Erzähler-Kommentar:

Ich, der Autor, verwende bei der Schilderung den Namen Bundeschef. Der Name ist sozusagen verfremdet, um die nötige Geheimhaltung und Diskretion von Gesprächsinformationen zu wahren. Danke für Ihr Verständnis.

Kapitel 12: Wochenende im Weltall

Tochter Mia funkt über ihr Headset mit Mutter Lana in der Weltraum-Mission: „Kommst du voran? Können wir die Zeitdauer einhalten? Können wir die Reparaturzeit verkürzen …?"

Mutter Lana ist schon am Zusammensetzen der Bauteile. Dann gibt Mia noch eine Radarwarnung durch: „Es kommt ein Schwebeteil angeflogen … ich überprüfe. Ducke dich für fünf Sekunden. Es kommt uns in Höhe deines Helms sehr nahe … aber es trifft uns nicht … Glück gehabt. Habe es auch zuvor berechnet. Entwarnung … und vorbeigeflogen … Überstanden. Du kannst dich wieder aufrichten."

Reinigung des Satelliten absolviert; als letzter Wartungsschritt: „Ich platziere ihn wieder in seine Umlaufbahn … Ab nach draußen … Satellit ist wieder mit Funktion. Ausgerichtet. Freigabe. Kreise Satellit. Kreise und los …"

„O. k. … Nicht … noch … das …" Telefonierender Bundeschef. Es hört sich für Frau Mia so an, als ob der Bundeschef gerade fünf Sachen auf einmal bewältigen muss und verwirrt in die Leitung spricht:

„Ich dachte schon … Nein, damit ist es nicht getan … Frau Mia will mir keinen verpassen … hören Sie mich … ohhhh, nein … ich meine nicht Sie … Ich weiß, Sie sind gut … dann mach eben … nein, ich meine nicht Sie … dauert wohl nicht mehr so lange … nein, nicht das auch noch …", und Astronautin Mia hört ihn, wie seine Hände erschöpft über sein Gesicht wischen und ratlos am Haupthaar kratzen …

Die fleißige Mia ist gestresst, aber zufrieden. Signalisiert dem Bundeschef, dass alles unter ihrer Kontrolle ist. Es läuft nach Plan. Und sie spricht den Bundeschef nochmals direkt an. Enkelin Mia sagt höflich:

„Jetzt wissen Sie, wer die geplante Arbeit vollzogen hat. Ich, Fräulein Mia ... Frohe Weihnachten wünschen wir Ihnen vom Kaufbeurer Team. Jetzt, aus dem Weltall. Alles Liebe an Ihre Familie und Sie, Herr Bundeschef."

Der Bundeschef nun geduldig und wieder gefasst: „Ich dachte schon, es geht für drei Cent-Münzen – ins Boot. Und mit dem Fährmann hinüber ... Doch zum Glück nicht. Bitte halten Sie unsere einstündige Unterhaltung geheim. Aber diese Anweisung wissen Sie. Was erzähle ich noch ... Danke und auf Wiederhören, Frau Mia. Euch ebenfalls ein schönes Weihnachtsfest in City Kaufbeuren ..."

Enkelin Mia gibt die Kommunikationsleitung wieder zum Verschlüsseln frei. Die Leitung ist wieder funktionstüchtig und geregelt über den Satelliten erreichbar.

Enkelin Mia, erschöpft, sagt: „Das mit unserem Arbeitsort hat er noch nicht ganz verstanden gehabt. Erde – All – oder doch Erde – oder vielleicht All ... oder doch Kaufbeuren?" Hihi. Sie lacht erleichtert.

Mia berichtet später weiter: „Das Geheimnis im Telefongespräch vom Bundeschef muss ich für mich behalten. Schweigepflicht. Nicht plappern ... So, wie ich es gelernt habe. Ich hoffe, es wird bald von einem Dritten veröffentlicht. Ups, ich muss aufs Klo ... Pipi machen ..."

Mutter Lana zu ihrer Tochter Mia: „Jetzt hast du erfahren, was Arbeit bedeutet. Gut gemacht." Tochter Mia antwortet: „Das ist aber wirklich anstrengend. Pause bitte ..."

Die merklich körperlich wie seelisch erleichterte Enkelin Mia ruft aus der Toilette zu Grandpa Adel Ernst vor: „Ich will endlich älter sein. Narben tasten und Altersfalten sehen. Dann bekomme ich bestimmt mehr Verantwortung übertragen; und sitze nicht nur rum und lerne aus meinen Unterlagen.

Gebt mir Arbeit ein ... ich will schwitzen ... rackern. Darf ich mitarbeiten?", und sie grinst dabei. Sie ist von ihrer Arbeit positiv aufgedreht. Arbeit macht manchen ein überschwängliches Gefühl im Kopf.

Grandpa zu Grandma leise und mit gewonnener Achtung vor Enkelin Mia: „Ich denke, sie ist uns schon bald überlegen. Mittels ihrer super Ausbildung. Doch Mia muss noch mehr Ruhe bei ihren Aufgaben ausstrahlen, dann schafft sie es."

Kapitel 13: Wochenende im Weltall

Die erleichterte Grandma Laura gibt sich nachdenklich und meint: „Dann stimmt es also doch. Wir können unseren Ruhestand dann genießen. Wir sind schon zu lange im Berufsleben. Dann die Dinge machen, an denen wir Interesse und Freude haben."

Die selbstbewusste Enkelin Mia flitzt in ihren Shuttlesessel zum Schlafen. Überschwänglich sagt sie: „Seid halt nicht gleich beleidigt ... und ich wünsche euch eine schöne Senioren-Rentenzeit ..."

Die ermüdete Enkelin Mia deckt sich im kalten Weltallgleiter mit einer wärmenden Decke zu. Mia schlummert glückselig ein. Und meint noch zu sich selbst:

„Bald bin ich einundzwanzig, dann kann ich die Aufgaben alle selbst und alle alleine umsetzen."

Die eingeleitete Rückkehr zur Erdoberfläche ist nun in Hinsicht auf Mias digitalen Datenspeicher im Handy dringend umzusetzen ... Ordnerspeicherplatz ist full ...

Enkelin Mia sagt noch leise, bevor sie einschläft: „... ich habe zu viel fotografiert. Die digital pics zeige ich unseren vier Stubensitzern im Spukschloss; meinem Kunstlehrer; meinem Geographielehrer; ... gähn, Verzeihung ... und den Schulfreundinnen. Mama ... vielleicht darf ich ja ein Referat darüber ...", und Mia ist eingeschlafen.

Kapitel 14: Wochenende im Weltall

Die aufgebrachte Grandma Laura ruft nach ihrem begabten Alleskönner, Grandpa Adel Ernst. Sie sagt: „Ich bekomme ein Kind. Jetzt ... wir ... wir sind GLEICH Eltern ..." Grandpa, überrumpelt, sucht Körperkontakt mit seiner Grandma. Er hält ihre rechte Hand mit seiner fest. Grandma Laura schreit: „Aaahh. Die Wehen. Aahhh." Die Enkelin steht ihr hilfsbereit zur Seite.

Die aufgeregte Tochter Lana meint, als sie ihre Mutter Grandma Laura anschaut: „Stimmt. Großer Bauch ... sie ist schwanger. Das Baby müsste bald da sein."

Grandpa Adel Ernst lässt seine Arbeit kurz ruhen und sagt: „Sie erzählt uns schon seit sechs Monaten davon ... dann stimmt es wirklich ... der Zeitpunkt; der Geburtstermin ist also heute. Ein neues Herzglück kehrt ein. Heiliger Löffel. Ein weiteres Herz schenkst du unserer Familie ... die Zeit vergeht so schnell. Schon neun Monate vorbei."

... inzwischen sind der Rückflug und Sinkflug des Weltallgleiters eingeleitet. Die Experimente sind vollzählig. Gewissenhaft abgearbeitet.

Der managende Grandpa Adel Ernst mischt sich als Situation-Anleiter ein. Er übernimmt mit Befehlen den Ablauf der Handlungen: „Wir kehren heim. Wir landen auf der Erdoberfläche, in weniger als einer Stunde."

„... Mia verschläft sonst alles", so Mutter Lana zu Grandma Laura. Doch ihre Mutter Lana schwenkt um, als sie die autoritär korrigierende Gesichtsmimik der erfahrenen Grandma erkennt. Großmutter Laura sagt: „Aaahhh." Daraufhin Mia: „... O. k. Ruhezeit. Bei der Aktion ... O. k. ..."

Dann sagt sie überzeugt: „... in Ordnung, wir lassen sie schlafen. Sie hat für heute genug gearbeitet; bei der Satelliten-Wartung." Zustimmend Grandpa Adel Ernst, und er fügt hinzu: „Ruhezeit. Mit Recht, sich zu erholen, ist zu respektieren ..."

Das Organisationstalent Grandpa Adel Ernst ist sofort zur Stelle. Er sortiert sich: „Daran habe ich nicht gedacht. Der Geburtstermin ist erst in fünfzehn Tagen. Nein. Es ist heute."

„Stimmt." Und Grandpa steuert den Weltallgleiter. Und er übernimmt die Geburtssituation gleichzeitig. Grandma Laura meint aufgeregt: „Wenn, dann kommt es immer doppelt und dreifach. Seht ihr, jetzt gilt es ..." Gekonnt greift Grandpa bei der Geburtssituation auch ein. Er hat beide Sachlagen unter Kontrolle. Grandpa weist an: „Mia, du sollst doch schlafen. Augen zu. Du hast Ruhezeit."

Nach weniger als einer halben Stunde ist die fürsorgliche Grandma erneut Mutter; mit dem stolzen Grandpa Adel Ernst als leiblichem Vater. Alle sind erleichtert, als der Stress sich teilweise legt.

Grandpa ruft einen Freudensatz aus: „Ein gesundes Baby. Dann heißt es nun für unser Weltall-Shuttle-Team: Wir haben ein Baby an Bord."

Der beschützende Grandpa Adel Ernst verweist auf die eingeleitete Bodenlandung und die abverlangten Verhaltensregeln. Er weist an:

„Festhalten, wir landen ... RUMS ... die Erde hat uns wieder ... Schleif ... RUMS ... ächz und Stopp." Der Shuttle steht auf dem Rollfeld. Auf einer dafür vorgesehenen Parkplatzfläche. Und Grandpa erhält Zuspruch und Dankbarkeit; und sagt: „Nichts kaputt gemacht. ... Kekse mitnehmen. Verschließt die Shuttle-Türe." So übergibt Grandpa die Shuttle-Schlüssel der Bodencrew.

Grandma und Grandpa liegen sich mit Stolz in den Armen. Enkelin Mia, aufgewacht, umsorgt das Baby auf dem provisorischen Wickeltisch. Die gelassene Grandma ist nicht zum ersten Mal schwanger. Somit verliefen die komplizierten Geburtsminuten mit Handgriffen von Grandpa einfach. Er schaut verunsichert und ein wenig ratlos. Grandma sagt daraufhin erschöpft: „Sage: Hallo. Grandpa, das ist dein Kind ... Es ist von dir."

Kapitel 15: Wochenende im Weltall

Zurück auf der Erde. Wenige Stunden später. Enkelin Mia mit dem Baby im Arm. Forscher Grandpa Adel Ernst macht sich wieder an die Weltall-Forschungsaufgaben. Um planmäßig die Experimente erfolgreich fachlich abzuschließen. Beim Auftraggeber heute pünktlich einzureichen.

Die Bodencrew in Kaufbeuren rätselt, welche Staatsangehörigkeit wohl das Baby zugeteilt bekommt. Mit welchem Kinderpass darf der Nachwuchs einreisen? Der erfahrene Grandpa Adel Ernst meint dazu knapp: „... Gewiss, ein Dirndl aus unserer Stadt Kaufbeuren – durch und durch."

Die Bodencrew entscheidet sich: „Es ist eine Kaufbeurerin. Stempel. Zack. Gratulation. Hier die Geburtsurkunde."

Der eilende Grandpa, der gerade aus der Dusche kommt, bedankt sich für das Dokument und speichert die Datei in einem digitalen Ordner auf seinem Tablet ab.

Enkelin Mia erwähnt: „Der erste Mensch, der beinahe alleine vom Himmel gefallen ist …"

Grandma Frau Ernst korrigiert nach: „Richtig aufgeklärt lautet es wie, liebe Mia?" Mia antwortet: „Na ja, in einem Weltallgleiter … fast als Meister vom Himmel gefallen … Aber es bleibt unverändert. Noch ist kein Meister vom Himmel gefallen …" Und sie lachen zusammen und sind auf dem Weg zurück zum Spukschloss.

Die erheiterte Enkelin Mia sagt: „Ich gebe zu, ich denke, sie schafft es bei uns auch ohne den Titel ,Lehrmeister'. Ich mache mir mein DOOF noch weg."

Beschwichtigend Grandma Laura zu Mia – sie sagt: „Das schaffst du. Ich weiß, was du meinst: Die Landessprache muss man üben, üben und üben. Der Schwabe wird erst mit vierzig klug …"

Kapitel 16: Wochenende im Weltall

Aus der Bodenstation macht Grandpa einen Funktionstest mit dem Satelliten. Die zehnstellige Suchnummer ins Sensor-Kennfeld eingeben, anpeilen und suchen lassen …

Mutter Lana, voller Freude, sagt: „Ein alter Bodenschatz gefunden. Da, ich habe ihn entdeckt. Ein archäologischer Fund in Kaufbeuren … sensationell."

Im Boden eines landwirtschaftlich genutzten Ackerfeldes. „Das Bild auf dem Auswertungsscreen weist dieses Ergebnis auf", sagt Mutter Lana: „Zwei metallische Ringe ineinander verringt.

Metallringe, Durchmesser von je 1,70 Höhe. Auf einem Sockel mit Sprache Sanskrit als Inschrift, die da übersetzt lautet: WIR." Das habt ihr verstanden.

Im Boden, umgekippt, aber intakt. Die liegen schon mehrere Jahrhunderte dort im Boden. Überdeckt von Erde und umgekippten Hausmauer-Resten.

Grandpa zu Grandma, mit Bedacht geäußert: „... wir belassen es besser unter der Erde, weil zumindest einerseits die Ernte auf dem Feld ansteht. Und wir können uns vor Arbeitsformularen und Arbeitspensum kaum Ruhe gönnen."

Enkelin Mia mischt sich ein und behauptet: „Vielleicht ist das digitale Scanner-Bild aber auch nur ein Computerfehler. Ein sogenanntes Satellitenbild – typische Übertragungsfehlmitteilung.

Und die Künstliche Intelligenz zeigt uns so ein Bild unter der Erde, das wir gerne dort sehen wollen würden. Ein Künstliche-Intelligenz-Algorithmus-Effekt."

Die überforderte Mutter Lana ergänzt: „Ja, ein Hacker-Streich oder eine falsche eigene Auswertung der Bilderdaten. Durchaus beides möglich ...", und Lana knickt fast ein und gibt klein bei.

Der überblickende Grandpa Adel Ernst zur Familiencrew sachlich und direkt: „Wir belassen diesen Fund unter der Erde; als Beweis von klugen Menschen eines früheren Imperiums. Aus unbekannter Zeit."

Enkelin Mia fügt hinzu: „Wenn wir es so erkennen können, dann kann die Wissenschaft in fünfzig bis hundert Jahren alle Einzelheiten dort unten herausfinden. Ohne die Hände zum

Graben im Erdreich zu benützen. Einfach nur auf das Hologramm draufschauen. Wenden, drehen und dann ist alles klar."

Mutter Lana sagt: „Du kleine Klugscheißerin", und gibt ihr einen Kniff in Hüfthöhe in die Seite.

Grandpa moderiert und spricht: „... Abstimmung: Gut ... ja ... und ja ... dann, und du ... ja ... Also wir lassen was aus. Wir vertagen unsere nächste Entscheidung auf einen Tag in sieben Jahren – in fernerer Zukunft ..." „Wir haben nun gemeinsam entschieden. Die Ringe bleiben im Boden. Pssst jetzt."

Erzähler-Kommentar:

Die Entdecker wollen, dass die Goldringe aus Metall in Kaufbeuren nicht ausgegraben werden. Das Computerbild wurde nicht gespeichert. Damit es im Boden nach ihrer Mission nicht gefunden werden kann. Die Familie hält den Ort geheim. So weiß manch einer aus Kaufbeuren um den genauen Ort vom Geheimnis. Aber die anderen nicht. Zwei Ringe: Ein Symbol der Ehe. Ein künstlerisches Werk; ein Fundament vom Vaterland aus früheren Tagen.

Geheime Orte gibt es viele auf der Erde.

Doch, wie Sie in nächster Zeit keinen Käufer für die ganze Erdkugel finden können ... Sie merken es, wir spielen alle im selbigen Spiel. ... so sehr ist es wahr:

Das, was uns im SCHLAF rational bewusst ist und bei der Tagesarbeit emotional unterbewusst fühlend begleitet; das bedeutet interpretiert: Es gibt etwas, das mir sowohl körperlich als auch geistig überlegen ist. Diese Ringe im Boden, das haben unsere Väter auch schon in der Tradition gelebt.

Kapitel 17: Wochenende im Weltall

Zu Hause. Nach der sanften Bodenlandung des Shuttles in Kaufbeuren. Zu Fuß angekommen am Spukschloss. Es ist Weihnachtszeit. Es ist der 24. Dezember kurz vor der Geisterstunde:

Der zuvor aufgestellte und geschmückte Tannenbaum von den vier Schlossgeistern. Mit bunten Planetenkugeln und leuchtenden Sternenkugeln.

Ein neuer Baukasten vom Miniweltallgleiter aus Plastik unter dem Weihnachtsbaum. – Das Modell, benannt nach der heiligen Stadtpatronin der Stadt Kaufbeuren. Mia packt es als erstes Geschenk aus ...

Grandma Laura schaltet das helle Deckenlicht aus und kommentiert: „Uiiii. Es ist Weihnachten. Romantisch. Festlich. Feierlich. Geschenke ...“

Die aufgeregten Geister machen eine Wette mit der neuen übernachtenden Mädchen-Schulklasse.
Der überzeugende Geist Tristöde erklärt den Kindern die Wette: „Wenn wir eure Socken nicht schmutzig machen; keine neuen Löcher reinschneiden oder wir eure Socken nicht nass machen und verstecken, dann geht ihr alle unsre Wette ein. Ihr bekommt eure Socken ... frisch gewaschen bis morgen früh zurück.“

Eine brave Schülerin wird hellhörig: „Dann kann uns nichts ärgern. Wir wetten, dass ihr uns ärgert. Wir bekommen die Socken wie auch trocken zurück. Dagegen könnt ihr nichts tun. Wir haben schon den Wetteinsatz gewonnen."

Der großzügige Geist Hohlpfosten sagt: „Aber wie ... das lass unsre Sache sein. Wir reinigen die Socken auch, versprochen, und flicken die Löcher und trocknen die Socken für euch ... und die Wette lautet: Der, der sich ärgert, muss fünf Kilogramm Gummibärchen ausgeben ..."

Die Lehrerin meint: „Was für ein Socken-Service. Wir als Klasse ärgern uns bestimmt nicht ..."

Die Schülerinnen lassen sich auf den Kuhhandel ein. Abgemacht. Frische Socken am Morgen ...

Die Familie sowie Presse und Zuschauer sind alle glücklich. Sie sind erfreut, ihr neues Gesicht willkommen zu heißen. Das Kind zu sehen und zu erleben macht alles wieder gut.

Der zur Ruhe kommende Grandpa Adel Ernst meint: „Selbst die durchgeführten technischen Experimente im Weltall waren ein Erfolg. Sie verliefen fachgerecht; und sind gut dokumentiert." Das waren Grandpas Arbeitsaufgaben.

Grandpa Adel Ernst sagt weiter zur versammelten Familie: „Mehr als zwei Milliarden Erdbewohner haben wieder die Möglichkeit, ein Handy zu benützen ... der Boden-Crew-Boss des Shuttles gibt gerade den Satelliten wieder offiziell frei.

Die hauswirtschaftliche Grandma ist glücklich und spricht: „... ohhh, guck. Schaut. Unser Kleines ... es weint. Pssst."

Am frühen Morgen. Im Radioapparat wird über den Weltall-Einsatz mit Teamleiter Grandpa Adel Ernst berichtet:

„... eine komplizierte Sache. Eine heikle Arbeit ... jetzt endlich kann eine Statik-Berechnung zu Ende geführt werden. Der unterirdische Eisenbahntunnel kann nun vom metallischen Maulwurf dank Satelliten-Unterstützung weiter gebohrt werden.

Zudem weiter: Die Technologie-Messe kann planmäßig stattfinden. Das Fernsehprogramm heute Abend entfällt im Wohnzimmer auch nicht. Der All-Satellit wurde über das Wochenende von der Kaufbeurer Familie gewartet und repariert ...“

Der fleißige Bundeschef meldet sich auch noch im abendlichen Fernseher; als die neugierige Enkelin Mia den Fernseher zur Morgensendung einschaltet:

„Liebe Bürgerinnen und Bürger, ich hatte heute einen komplizierten Autounfall. Doch es gab nur einen mittleren fünfstelligen Blechschaden. Ein Reifen am Auto ist geplatzt, doch der Chauffeur brachte das Auto sicher zum Stehen ... Wir mussten das Tagesprotokoll nach einer weiteren schwierigen Sachlage nach hinten verschieben ...“

Die zufriedene Mia schaltet das Fernsehgerät wieder aus. Enkelin Mia ist erleichtert, dass die Informationen keine Geheimnisse mehr sind. Und jeder jetzt über das Unfallereignis Bescheid weiß ...

Tochter Mia zu Mutter Lana, als sie die Nachtruhe in ihrem Kinderzimmer angeht: „Erwachsensein ist anstrengend ...“ Mutter Lana, fürsorglich, spricht zu Mia: „Jetzt schlaf. Bis morgen früh, mein liebes Kind. Danke, du hilfst schon gut mit. Wie eine Große, meine liebe Tochter Mia. Toll.“

Kapitel 18: Wochenende im Weltall

Am nächsten Morgen. Ein Berg aus Socken. Kein Socken gleicht seinem zweiten als Sockenpaar. Ein Berg voller bunter vermischter Socken.

Eine Schülerin sagt daraufhin: „Ich bin sauer. Es dauert drei Stunden, bis das Socken-Puzzle gelöst wird. Und jeder seine zwei an den nackten Füßen wieder anhat." Die verärgerte Lehrerin zur Schulklasse: „Na, da haben die Geister uns wieder mit einem Streich drangekommen. Wir haben die Wette verloren."

Der zufriedene Geist Undank zu seinen drei Geisterkumpels: „Schaut. Sie haben sich gerade geärgert. Wir brauchen keinen Wetteinsatz einzulösen. Wir sind die Gewinner. Das war ein gewonnener Geisterspuk ..."

Kapitel 19: Wochenende im Weltall

Mitternacht. Der ungeduldige Geist Flascheleer spricht zu Kumpel Geist Hohlpfosten: „Die Schülerinnen verpassen garantiert nichts. VORHANG AUF. AKTION." Es gilt nun wieder. Geisterstunde um Mitternacht.

Das Wort Aktion ist sein Stichwort. Der hinterlistige Geist Hohlpfosten wartet den richtigen Moment ab. Die lieben Schülerinnen sind wieder auf ihren Betten gerade zur Ruhe gekommen. Und atmen auf. Dann schon die Ankündigung eines nächsten Spukstreiches.

Die Schülerinnen und Schüler bekommen ein bildliches Kuckucksei reingelegt. Der bestimmende Geist Hohlpfosten spricht zu den Gastkindern.

Der Wecker auf dem Pult im Schlafsaal klingelt. Die letzten fünfzehn Minuten der Geisterstunde sind angebrochen: Ring. Ring.

Der hinterlistige Geist Tristöde und Geist Undank wenden ihre Ansprache an die Schülerinnen und Schüler und sagen: „Wollt ihr jetzt zur Belohnung Fischstäbchen? Und sollen wir sicher sein, dass keine störenden Gräten im Essen sind ...?"

Die Schulkinder sind alle begeistert: „Mhmmm, Mitternachtsbuffet. Fisch ohne Gräten. Das ist sehr gut. Super Idee." Die Klassenmeute ganz hin und weg.

Der hinterlistige Geist Hohlpfosten schildert seine Kochhandgriffe und erzählt weiter, während er das Essen zubereitet: „Etwas Majonäse daran ... gleichmäßig verteilt?" Die Kinder jubeln: „Ja, Majo. Mehr Majo."

Der heuchelnde Geist Hohlpfosten mit der letzten Frage vor dem Servieren: „Wollt ihr noch leckere frittierte Pommes dazu ... das könnt ihr gerne haben. Die Pommes sind gleich so weit ..."

Es duftet köstlich aus der Küche nach einem warmen Mitternachtsimbiss. Und alle Schülerinnen eifrig und einwilligend zu dieser Service-Idee. Sie rufen dem Koch Geist Hohlpfosten: „Essen ... leckeres Mitternachtsmenü. Wir sind dabei."

Die Schülerinnen stellen sich schon in einer Wartereihe auf ...

Doch was ist das für ein Geräusch aus der Küche ... der gemeine Geist Hohlpfosten meint dazu: „Gleichmäßig mischen ... Pommes, Majo und Fischstäbchen unterrühren ...“ Die Klassenlehrerin ahnt etwas und einige denken laut dabei nach: „Mischen – rühren – unterheben. Ich ahne etwas ...“

Geist Undank spricht es aus: „... und alles ist jetzt

PÜRIERT.

So zerkleinert sind die Stäbchen dann gemixt zu einer einfarbigen Breipampe. Geist Undank meint: „So lieben es die Astronauten ... mit Wasser das heutige Instantpulver anrühren. Und das pürierte Essen ... ahmm ... genießen ... ahhhmm. Guck.“

Ein Schülerkind sah die Aktion mit an und meint: „... unser Appetit ist uns gänzlich vergangen. Wo gibt es denn so etwas? Oh nein, wie gemein. Püriert.“

Die Kinder ziehen sich langsam und enttäuscht in ihre Betten im Schlafsaal zurück. Geist Undank spöttisch zu den drei Geisterkollegen: „Die langen Gesichter. Hihi.“ Der langweilige Geist Tristöde hat den mitternächtlichen Spuk verschlafen: „Was ist geschehen?“

Die Schülerinnen seufzen und klagen über ein nicht gestilltes Hungergefühl. Dies ist im ganzen Haus zu hören. Geist Hohlpfosten schiebt Tristöde an den Essensbrei heran: „Guck ...“

Ein Schülerkind meint hungrig: „Mahlzeit für Zahnlose.“ Geist Tristöde befiehlt: „Das Essen. Ab in den Kompost damit. Das isst doch keiner mehr ...“ Eine Schülerin behauptet: „Das ist doch nicht normal.“

Daraufhin antwortet Grandma: „Die spukenden vier sind nun mal Geister. Was hast du anderes erwartet?" „O. k. Das ist bei euch normal", und die Schülerin verdreht ihre Augen dabei.

Eine weitere Schülerin meint: „Ich sage, das war unser schmackhaftes Mitternachtsmahl ... sind die vier Geister gemein. Püriertes Essen. Wo macht man so was? Bin verärgert. Ich lege mich wieder schlafen."

Eine Schülerin meint noch traurig: „Und ich dachte, wir bekommen heute für die gewonnene Wette Eis. All you can eat. Schade."

Geist Undank siegessicher: „Hier ein kleines Milcheis. Wir sind ja gar nicht so geizig." Und die Schülerinnen haben auch mal Glück, da die Geister nachgaben und eine Runde Süßes spendierten.

Eine Klassenkameradin: „Was denkst du denn, ich bleibe cool. Gute Nacht allerseits ... Gute Nacht, liebe Kameradinnen und liebe Lehrerin."

Die vier Geister können den neusten Spuk digital 2.0 auch schon. Vom Online-Lehrgang:
Die Lehrerin will sich auf ihr Bett legen und bezieht die gemütliche neu bezogene Matratze. Und wickelt die Bettdecke in ein Betttuch ein. Als sie sich rückwärts setzen will, ist nur noch die frische Bettwäsche auf dem Fußboden. Das Bett digital 2.0 ist weg. Aufgelöst. Die Lehrerin sitzt mit ihrem Hinterteil auf dem Fußboden ... Die Kinder lachen aus Spott und Schadenfreude leise mit.
Die vier Geister stellen sich in einer Reihe vor ihr auf und meinen: „Das waren WIR. Und flitzen auf und davon, in die Nacht hinaus ... „Schlaft gut."

Die Lehrerin, etwas genervt, legt sich in ein anderes freies Bett und sagt: „Schlaft jetzt. Das ist also das Spuken im Schloss. Jetzt kennen wir das auch.... Gute Nacht, liebe Kinder."

Kapitel 20: Wochenende im Weltall

Am nächsten Tag. Das Neugeborene im Spukschloss sorgt für ein Wechselbad von Gefühlen. Für die Familie und die vier Geister.

Der fleißige Grandpa Adel Ernst wertet die Daten der Weltall-Experimente im luftleeren Raum noch weiter aus.

„Nun kümmere ich mich fürsorglich um unseren Nachwuchs ...", sagt Grandpa Adel Ernst mit kräftiger und gar erleichterter Stimmung – streichelt dem Säugling über seinen Kopf: „Guck, jetzt gut. – Wir haben ein Kleines. Dich. Du machst alles wieder gut."

Grandma Laura lächelt und ist zudem auch herzlich berührt. Grandpa Adel Ernst spricht zu Enkelin Mia: „Schaut, dass die Schlossgeister sich pünktlich an die Mitternachtsstunde halten. Und heute wieder erneut eine gekonnte Show abliefern. Wir sind nun mal ein Spukschloss-Herbergsbetreiber."

Das Baby hört bei der sanften herzlichen Stimmlage auf, sich gequält zu geben; und durchs offene Fenster japst das Kind zufrieden und glücklich in die Straßen und Gassen von Kaufbeuren hinaus.

Die fürsorgliche Grandma spricht ihrem Kind vor: „Sag: Ich will auch einen Partner finden." Und das Kind schaut sich scheinbar im Zimmer um und ...: Mia sagt ihrem neuen Geschwisterchen frech ein: „Sag: Glaube es mir. Oder glaube es mir nicht: Ich komme aus dem All ...“

Happy End

Einer
dreht immer durch

Buchfiguren-Namensliste:

- Sekretär sanfter Engel
- Ehefrau deftiges Sahnehäubchen
- Werkstatt-Chef Balsam Balsamiko
- Sprecherin Konfettiwoman
- Praktikantin Spargelstange
- Beteiligte Kunden-Familie
- Hero-Kostüm
- Schwarzer-Peter-Kostüm

Besondere Pflanze mit Inhaltsstoffen

Natürliches Produkt zur Kostümherstellung

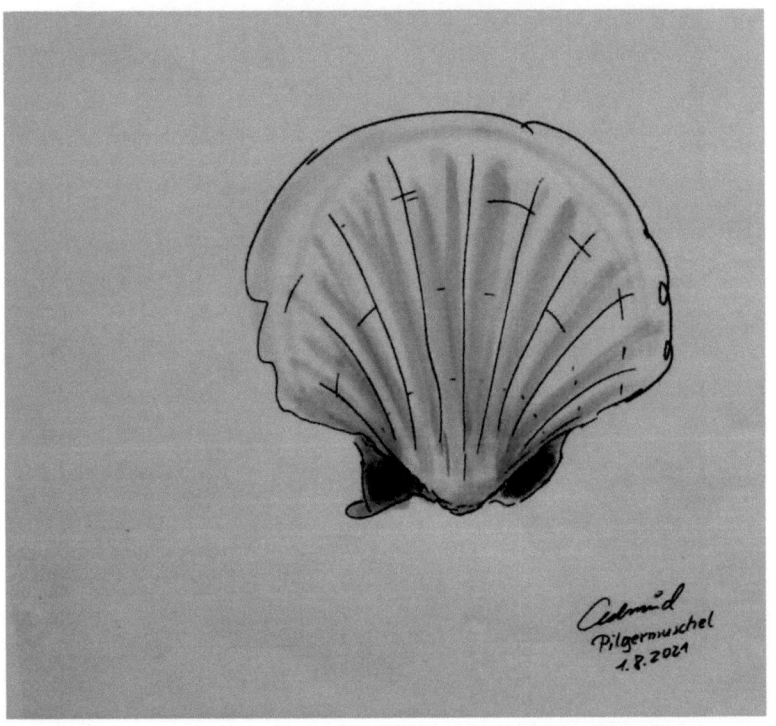

Ehefrau und Chefin deftiges Sahnehäupchen

Kapitel 1: Einer dreht immer durch

Eine aufwendige Faschingskostümherstellung startet heute. Punkt drei Uhr morgens. Es ist der Monat August. Szene: Montagmorgen in der Faschingskostüm-Werkstatt. In Kaufbeuren. Filmklappe, die fünfte: „Das sind noch zwanzig Minuten bis zur vollen Stunde", spricht der autoritäre Kostüm-Werkstatt-Chef Balsamiko in das Matratzenlager und sagt weiter: „Wer braucht eine extra Einladung? Unsere Tage verlaufen wohl unterschiedlich genau ... Auf meiner Handyuhr steht: Ihr seid ein ... ahmm ... jetzt sage ich es ... ahhhmm ... ein lahmer Haufen ... aufstehen. Los."
Balsam Balsamiko geht auf Nummer sicher, dass er diesen Satz nicht zwei Mal sagen muss.
... verträumt und langsam erwacht die Praktikantin, genannt: Spargelstange. Sie säuselt vor sich hin: „Menno. ... schon kurz vor drei Uhr? Ich bin kein Faulpelz. Bin aber noch so, so müde ..."
Sie bemerkt, dass sie einen Schuh in der Hand hat, der ihr Alarmwecker hätte sein müssen. So gesteht sie sich selbst, dass die Verwechslung eindeutig Schlaftrunkenheit signalisiert. Die Praktikantin sagt leise zu sich: „Mist ... wo ist mein Wecker ... Immerhin passt der Schuh an meinen rechten Fuß."
Balsam Balsamiko stellt fest und spricht: „... dann habe ich noch in dir einen Mitarbeiter gefunden, den ich antreiben muss ... auf, anstrengen. Los."
Der liebe sanfte Engel bekennt: „... wir haben es doch gleich Punkt drei Uhr in der Früh. Auf, in die Puschen. Bin sofort so weit ... guck ... so schnell bin ich ...
und schon bereit
für unsere anstehende Teamarbeit ..."

„... so, langsam wird ein Kostüm daraus", sagt er, und Chef Balsamiko wirkt zunehmend zufriedener.

Sekretär sanfter Engel flitzt, noch müde, aber gut gelaunt, vor allen anderen an den noch morgendlichen fließenden Eisbach. Draußen. Zwei Gehminuten in der Dunkelheit ...

Der organisierende Balsam Balsamiko beobachtet und meint: „Verschlafener sanfter Engel! Du bekommst deine Augendeckel kaum auf. Aber du behauptest, gleich einsatzbereit zu sein. Dies ist ein gelebter KAMPFGEIST. Yeah."

Schaut dabei auf die Uhr. Fünf vor ... „Wer noch zuvor Pipi machen muss, geht noch zur Toilette."

Deftiges Sahnehäubchen warnend: „Bitte. – An alle Jungs, bitte nicht oben in die Bachquelle pinkeln. Das versteht sich doch von selbst. Wir waschen uns doch hier im fließenden Bachwasser."

So bittet der geschäftige Balsam Balsamiko gleich um allgemeine Aufmerksamkeit. Das Faschingskostüm-Team ist versammelt zur Morgentoilette am Bach. Daraufhin sagt Balsamiko: „So, langsam müssen alle wach sein."

Sein Sekretär sanfter Engel meint: „Bin so weit. Bleibe cool." Und steht mit gegelten Haaren neben Balsam Balsamiko. Er legt seine linke Hand auf sein gegeltes Haar und meint: „Guck. Bin bereit. Bin gut."

Die heiter aufgeweckte VIP-Konfettiwoman ist heute Morgen schon beim Team live dabei; am anderen Ende der Telefonleitung. Sie weckt – mitten in der Dunkelheit – die ruhenden Mitarbeiter jetzt mit auf und sagt: „Bitte Termin wahrnehmen. Und somit wie verabredet; bitte die Uhrzeiten einhalten."

Konfettiwoman meint zum Team: „Wie es redensartlich so schön heißt: Wer sagt den weisen Satz für mich?"

Sanfter Engel antwortet: „Zeit ist Geld. Ausruhen könnt ihr in der Nacht wieder." Konfettiwoman stimmt sanfter Engel zu und meint: „Gut gesagt. Dickes Lob an sanfter Engel."

Der Kostüm-Werkstatt-Chef Balsam fügt an: „Kaffee und Nussstollen sind im Besprechungszimmer angerichtet." Konfettiwoman äußert sich aus dem Handy vom Chef Balsamiko und sagt: „Nun heißt es: Kuscheldecke und Knuddel-Teddy beiseitelegen. Im Tausch dafür Seife in die Hand; und Wasser ins Gesicht ..." Balsam Balsamiko fordert alle auf und sagt: „Packt unsere gemeinsame Arbeit am Schopf ... Kostüm-Produktion. Wir haben dafür lediglich vier Wochen Zeit."
Heute ist der erste Advent. Also bis zum 22. Dezember. Bis dahin gilt: Beeilung, Beeilung – Beeilung.
Der eifrige sanfte Engel ist nun hellwach und beweist es gleich: „Verstehe die Satzaussage; damit die vorbestellten Pakete noch per Kurier bei den Kunden am vierten Advent ankommen ... Ich habe es gleich verstanden, Chef."
Die Kostüm-Werkstatt hat einen Abliefertermin. Produktion on time. Dieser Satz muss auch nicht ein zweites Mal ausgesprochen werden ...
Der pünktliche Balsam Balsamiko sagt: „Seht zu, dass wir unser terminliches Produktionsziel erreichen. Mir nach, ihr Luschen. – Vertraut mir. Ich behaupte: Das erreiche ich."

Der fleißige sanfte Engel meint: „Ich dachte zuallererst, es ist eine unterbreitete Falschmeldung. Doch es ist gemäß Arbeitsvertrag wahr.
Erstens: Drei Uhr Projektbeginn.
Zweitens: Heiligabend als Ablieferdatum", so verkündet es sanfter Engel, blättert dabei weiter in den Vertragsdokumenten; meint und stellt wiederholt fest:
„Na gut, hiermit endet heute mein Schönheitsschlaf. Ich will beim Chef Balsamiko Geld verdienen." Der Werkstatt-Chef Balsamiko kritisiert weiter und sagt: „Spargelstange nimmt es

wieder ganz genau." Die Praktikantin liegt wieder in der Schlafkiste, pennt weiter – keine fake news. Die abgelesene Uhrzeit stimmt. Es sind noch fünf Minuten bis drei Uhr. Balsam Balsamiko platzt fast der Hemdkragen: „Alle Mann jetzt aufstehen ... Oder ihr seid eure Arbeitsaufgabe los ..." Alle sind wach.

Das vorbildliche deftige Sahnehäubchen ruhig und sachlich: „... ich muss jetzt wie alle aufstehen. Gut. Einverstanden. Ich mache mit ..." „Andernfalls kannst du abwarten; und deine Abmahnung ist dir garantiert. Gut. Du machst einen auf diszipliniert", und Balsam Balsamiko gibt seiner Frau einen Guten-Morgen-Gruß auf die Lippen. Er ergänzt die Worte: „Ich weiß, du gibst wieder alles. Auf. Los, in Richtung unseres Arbeitsziels ..."

Deftiges Sahnehäubchen sagt: „Ich bin wohl knapp unserem Einer-dreht-immer-durch-Kostüm   entkommen." Deftiges Sahnehäubchen lockert, schüttelt ihre Glieder. Macht sich körperlich mit Seife und Deo und dem Quellwasser vom Eis-Bach frisch.

Kapitel 2: Einer dreht immer durch

Der gequälte sanfte Engel spricht mit VIP-Konfettiwoman telefonisch: „Dauerhaft baldiges Aufstehen gibt unerwünscht – mir mehr und mehr graue Haare. Zudem unerwünschte Altersfalten im Gesicht." Sanfter Engel betrachtet sich im Handspiegel. Seine Stimme wird leiser und depressiver: „Ufff, werde alt. Die Arbeit schafft uns ..."

Gelassene Konfettiwoman meint: „Das mit dem gemeinen Altsein nimmst du bitte zurück ... Für das gute Alter spricht vieles ..."

Die soziale Spargelstange baut Sekretär sanfter Engel auf und meint: „... Das verkraftest du. Schaff ... dafür gewinnst du, bildlich gesprochen, etwas in der zweiten Hand. Interessanter bist du im Alter für Damen allemal mehr geworden. Und denke an den Respekt, der Älteren ausgesprochen wird. Denke an die Gelassenheit."

Das neben ihnen am Eis-Bach liegende, nicht wasserdichte Telefon, mit VIP-Teamsprecherin Konfettiwoman in der Leitung. Sanfter Engel hebt das Handy auf. Er will mehr tröstende Worte von Konfettiwoman hören. Konfettiwoman scherzt mit Begriffen PHILOSOPHISCH umher und kommentiert:

„Das Altern nimmt bei wenig Schlafenszeit proportional zu. Suche einfach den Algorithmus: Jungbrunnen und lies dir diesen durch ..."

Chef Balsamiko nimmt sein Handy wieder an sich und sagt: „Das musst du, sanfter Engel, noch nicht verstehen. – Mach. Arbeite. An deine Arbeitsaufgaben. Sei heute wieder fleißig."

Daraufhin erwidert der eher emotionale sanfte Engel das Gespräch und sagt: „In dem letzten Satz ist etwas Wahres enthalten. Wir werden schlichtweg alt. Das stimmt. SCHNIEF. Bin gespannt, was ich dafür auf der anderen Hand als Ausgleich erhalte."

VIP-Konfettiwoman meint: „Die Welt schafft uns, während der Lebensphasen jedes Menschen Daseins ..."

Praktikantin Spargelstange kann ihre Körperreaktion nicht unterdrücken ... und gähnt plötzlich, ohne die Hand vor den Mund zu halten.

Praktikantin spricht: „Bin noch sooo müde. Mache bestimmt nur Mist." Daraufhin taucht sie ihren Kopf erneut unter kaltes Bachwasser ... und kommentiert langsam und fast benommen: „... wach. Jetzt wach – auf, glaub es ... bin wach ... ohhh ... jetzt aber: wach ... schnief ... wach? Wach ... das wird bald wahr ... und jetzt: wach."

Die sich aufrappelnde Spargelstange redet sich selbst drauf: „Ich will ein Vorbild für andere sein ...", und sputet sich. „Ggggäääääähnnnn ... Und nochmals Kopf unter Wasser ... wach jetzt ...?" Doch so richtig glaubhaft klingt ihr Tonfall heute Morgen nicht.

Balsam Balsamiko wendet seine Aufmerksamkeit Spargelstange zu: „Komm, überzeug mich ... nochmals den Kopf in den Eisbach ... Aufwachen."

VIP-Konfettiwoman petzt: „... war Spargelstange nicht einer der Letzten, die gestern Nacht noch einen Blockbuster im TV-Gerät angeschaut haben ..."

Spargelstange: „... Ich ... zu lange auf ... ich höre nix ...", taucht ihren Kopf wiederholt in die morgendlich-kalte Bachquelle, hebt ihren Kopf aus dem Wasser und sagt: „Wach. Ich bin der Erste bei der Arbeitsaufgaben-Verteilung ...", und flitzt los.

Auch das letzte Team-Mitglied eilt vom Bach zurück, mit dem Kulturbeutel und Handtuch unter den Achseln, um im Gemeinschaftsraum zu frühstücken.

Kapitel 3: Einer dreht immer durch

Es ist nun exakt drei Uhr. Das Team sitzt zusammen im Gemeinschaftsraum. Erster Arbeitstag der Gruppe. Der putzmuntere Werkstatt-Chef Balsam spricht zum nun versammelten Team:

„Ich habe die volle Aufmerksamkeit von allen. Einen guten Morgen wünsche ich euch und mir. Arbeit ist, wie euch mitgeteilt und bekannt gegeben, meine Planaufstellung. Dazu noch offene Fragen ... nein? ... dann starten wir."

Im nächsten Moment; das vor Jahren entwickelte erste Kostüm der Werkstatt: EINER DREHT IMMER DURCH – hat im Werkstattraum bereits heute schon etwas zu tun.

Der verdächtige Sekretär sanfter Engel sitzt auf dem Stuhl; im Moment nun mit dem genannten magischen Kostüm bekleidet: dem Einer-dreht-immer-durch-Kostüm. Es ist heute in der Kostüm-Werkstatt wieder mal so weit ... Spargelstange bemerkt es und kommentiert: „Schaut Sanfter Engel an. Treffer."

Der genervte Balsam Balsamiko: „Ich werde das Kostüm gleich wieder verräumen. Erinnert mich an mein Vorhaben, wenn es wieder ausbüxt."

Langsam wird das Kostüm an sanftem Engel – am Oberkörper – zunehmend sichtbarer. Wie wenn das Kostüm eine Vorahnung spürt. Die Gruppe hat kein Fehlverhalten bei sanftem Engel bemerkt. Sein Ausflipper galt einer Community im social net. Handyquatsch. Sein Personenumfeld hat das Spinnen nicht wirklich wahrgenommen. Aus dem Handy jedoch ein mündliches Statement:

„Spinne nicht herum." „Nimm dich nicht allzu wichtig ..." Die Situation und das Kostüm „Einer dreht immer durch" vergehen in der morgendlichen Runde, das Kostüm löst sich wieder in Unsichtbarkeit auf ... Sanfter Engel meint enttäuscht: „Sie hat sich bei mir endgültig ausgeloggt. Es gibt nichts mehr daran zu rütteln ..."

Chef Balsam Balsamiko kommentiert verärgert, aber fokussiert seine Aufmerksamkeit auf Werkstattaufgaben und sagt: „Das Faschingskostüm haben wir aber schon lange nicht mehr gesehen. Schaut Sekretär sanfter Engel an. Und analysiert sein Gemüt; dann wisst ihr schon alles ..."

Der blamierte sanfte Engel stellt fest: „Ups. Verzeihung. Bin durchgedreht ... Ich muss mich wohl mehr anstrengen." Balsam Balsamiko ergänzt und sagt: „... bleib cool. Schnauf. Kaugummi. Kaugummisatz. Kaugummi ..."

Kapitel 4: Einer dreht immer durch

Die Ehefrau von Werkstattchef Balsamiko, das treue deftige Sahnehäubchen, behauptet mit erhobener Stimme: „Es fehlt unser Vorrat an Nähgarn. Um unseren Kostümstoff zusammenzunähen. Mmmmmaaaaa! Ich FLIPP."

... das Kostüm „Einer dreht immer durch" sitzt dem deftigen Sahnehäubchen wie maßgeschneidert am Leib. Sie ist noch in Rage und will aufklären: „Wer hat das Vorratsgarn aus dem Lager gebrauchen können und abgegriffen ...? ÄRGERLICH."
Der gelassene Balsam Balsamiko ergänzt: „Bitte die Ruhe in Person sein. Bleibt cool. Ich habe herausgefunden, dass wir das alte Garn eh nicht hätten verwenden können. Die Farbe und die Dicke des Garns aus dem Lager sind nicht nützlich bei unserer neuen Produktion gewesen. Verzeihung, ich wusste nicht, dass du es gesucht hast. Ich habe es an eine soziale Bastelgruppe gespendet."

Die diesjährige Praktikantin Spargelstange, die das Einer-dreht-immer-durch-Kostüm noch nicht kennt, lacht sich peinlich berührt ins Fäustchen. Die alberne Spargelstange kann ihren vorwurfsvollen Blick nicht verbergen und flüstert zudem noch: „Das wichtige Sahnehäubchen ist ja ganz von der Rolle. Nicht so beherrscht wie üblich." Sahnehäubchens Ärger untermalt, mit dem Kostüm angekleidet, meint und lässt ab: „Jetzt weiß ich es. Ich bin ein Depp. Bleibe dabei cool."

Praktikantin Spargelstange spiegelt des deftigen Sahnehäubchens empfundene Gefühle aus einem redensartlichen jugendlichen Leichtsinn wider.
Spargelstange schildert weiter: „Die ist ja peinlich. Das Kostüm trägt sie aus einem zutreffenden Grund."
Der sanfte Engel hat ganz vergessen, dass Spargelstange das Kostüm heute auch schon unfreiwillig am Leib getragen hatte ...
Und das sogar ohne triftigen Grund.
Frau deftiges Sahnehäubchen verdreht die Augen, aber bleibt gelassen. Äußert zu Werkstatt-Chef Balsam Balsamiko: „Ich dachte, du, Balsam, hättest das Kostüm wieder unter deine Kontrolle gebracht; und gebannt ...? Anscheinend hat deine bisherige Mühe darin keinen Erfolg vorzuweisen. Komm auf. – Hilf bitte mit ..."

Balsam Balsamiko enttäuscht: „Wir streiten doch nicht gerade etwa? Ich gehe der Sache gleich auf die Spur ... ich streng mich mehr an. Ich mache alles richtig. Ich bin gut. Ich schaffe das."
Alle helfen mit. Sie betrachten zusammen die offene Verpackung des Kostüms ...
Die VIP-Werkstattsprecherin Konfettiwoman stets in feierlicher Stimmung: „Manchmal muss man eben schimpfen ..." Und sie richtet sich mit aufklärenden Worten an die neuen Mitarbeiter des Teams: „Auslachen ist nicht gerade dienlich, sanfter Engel. Das gibt eine schlechte Mitarbeitsnote. Sei jetzt lieber still. Und rede nur noch, wenn du von der Chefin oder vom Chef gefragt wirst. Still."

Werkstatt-Chef Balsam Balsamiko: „Sage niemals – NIE. Never ever." Es hat sich wohl bei der Kostümlagerung eine Herstelleranweisung des Einer-dreht-immer-durch-Kostüms verändert. Somit macht das Verbannen des Kostüms aus den Werkstatträumen noch Sorge. „Wir verpacken es einfach nochmals wieder, wie ein neu gefertigtes Kostüm. Das hilft. So wie wir es immer mit einem Faschingskostüm machen."

Doch langsam verliert das Kostüm an Situation-Präsenz und verflüchtigt sich in die Unsichtbarkeit. Und kehrt selbständig zurück in die offene neue Kostümverpackung. Und das Team vergisst aus reinem Stress und Alltagssorgen das sichere Verschließen der Kartonverpackung. Es ist wohl zurück im Schrank, doch der schlampige sanfte Engel hat vergessen, das umschlingende Band korrekt zu schließen ...

Kapitel 5: Einer dreht immer durch

Das Team beginnt mit der Herstellung des diesjährigen neuen Mottos; eines neuen Faschingskostüms. Wie kalkuliert. In vier Wochen muss das Kostüm fertig sein. Auf achtundzwanzig Tage ist die Projektzeit für das neue Kostüm kalkuliert. Das ist harte Arbeit. Kein schnell verdientes Geld. Es ist eine Handarbeit und ein Kunstwerk. Eine ehrliche Arbeit.

Der genaue Werkstattleiter übernimmt die Rolle des Arbeitsdisponenten; meint einleitend zum Beginn der Produktion: „Das Kostüm soll keine Art Provisorium sein. Jedes einzelne Faschingskostüm muss perfekt sein und tadellos funktionieren."

Kapitel 6: Einer dreht immer durch

Projektabschnitt: Flugreise. – Zu einem Dorf-Gemüsemarkt in einem fremden fernen Land. Das Kostüm-Werkstatt-Team ist vollständig im Flieger mit an Bord ...
Nach über zehn Stunden Flugzeit: Angekommen in der unbekannten Umgebung; es bleibt der Werkstatt-Chef Balsam Balsamiko die Ruhe in Person.

Die lernende Praktikantin Spargelstange: „Unser Chef hat und wird das Einer-dreht-immer-durch-Kostüm heute bestimmt nicht tragen müssen. Dies verspricht unsere Chefin, deftiges Sahnehäubchen, die Balsam Balsamiko schon aus früheren Jahren kennt.
Das Flugzeug landet in der tropischen Hitze. Dort heißt es: Jacken vom europäischen Winter in den Kleiderkoffer verstauen. Trinken und schwitzen. Unter der prallen Sonne. Zwischen den Taschen und Koffern strahlt Balsam Balsamiko Überlegenheit aus. Er schenkt den anderen Mitarbeitern ein Gemütsbild von Gelassenheit und Zuversicht.

VIP-Konfettiwoman spricht von ihrem Zuhause aus den gemeinsamen Plan aus: „Spinnt nicht. Unser Motto lautet nicht:

Mädels, Palmen, Sonne und eine Limonade hier, das wünsche ich mir. Nein. Und nochmals nein zu diesem Motto. An unsere diesjährige Produktionsarbeit. Unser neues Faschingskostüm muss fertig werden. Es heißt: Schafft. Macht."
Mit fünf Motorrikschas geht es direkt zu einem ausgewählten Bergdorf. Zur regional ansässigen Klosteranlage. Chef Balsamiko sagt zu den Fahrern: „Fahrt langsam. Wir haben Zeit. Wir wollen sicher und gut dort ankommen."
In einer Rikscha, mit Konferenzschaltung zu den anderen vier. Deftiges Sahnehäubchen kommt ins Tratschen. Zeit mehr als Arbeitsaufgaben. Sahnehäubchen erzählt von ihrer damaligen ersten früheren Geschäftsreise:
„Damals war es auch eine Reise zu einer besonderen Klosteranlage. Im selbigen Land, in die selbige Region, in der das Team gerade zu Gast ist."
Später am Tag plaudert Balsam Balsamiko am Mittagstisch in einer Straßen-Gaststätte nach Nachfrage und Interesse:
„Damals war ich so jung, wie unsere Praktikantin heute ist."
Herr Balsam Balsamiko war damals schon in die Chefin deftiges Sahnehäubchen verliebt. Und seit dem Klosterbesuch im fernen Land sind sie ein unzertrennliches Liebespaar.
Die Klosterbibliothek, welche die Forschungsarbeit zum Konzept-Kostüm ermöglicht hat, ist und war so unbekannt und verstaubt wie sonst kein anderer Arbeitsraum auf der Erde.
Das Liebespaar fragte sich scherzhalber, ob es einen Archäologen hinzuziehen sollte. Oder ob sie, als reine Bibliothekare hier, überhaupt arbeiten dürften ... Staub ... hust, hust ... Staub ...: Raumpflegekraft, wo bist du!
Deftiges Sahnehäubchen meint daraufhin: „Als Teenager hatten wir mit unserer Kostümidee schon nach zwei Jahren den wirtschaftlichen existenziellen Durchbruch erfolgreich erzielt."
Der aufmerksame sanfte Engel meint mit neugierigem Erstaunen: „Dann habt ihr die Kostüm-Manufaktur alleine auf die Beine gestellt. Volltreffer."

Der beeindruckte Sanfte-Engel-Mund steht dabei vor Sprachlosigkeit offen ... und er kratzt sich dabei verwundert und gedankenleer am Kopf. „Wie. Häh. Ihr? Häh."

Spargelstange: „Ihr macht jedes Jahr einen auf unglaublich. Das ist euch doch bewusst. Ihr seid superfresh. Megatrendy. Voll hip."

Werkstattchef Balsam Balsamiko ergänzt aus voller Überzeugung: „Wenn es nur öfter von den Neuen gleich so bemerkt würde. Das Kostümkonzept war und ist eine harte Arbeit. Das werdet ihr auch noch verstehen."

Praktikantin Spargelstange kommt umgezogen mit einer landestypischen Tracht aus dem Bad der Gaststätte und spricht: „Da bin ich wieder." Sie ist nicht mehr von den Bewohnern des Dorfes zu unterscheiden.

Der gesellige Balsam Balsamiko erwidert:

„Sie hat Geschmack und ein Gespür für Kleidung. Deshalb ist die modische Praktikantin Spargelstange auch im diesjährigen Kostüm-Projekt mit dabei."

Missmutig lässt Sekretärin sanfter Engel ihren Gedankenansatz heraus: „Warum denn keine maschinelle automatisierte Fabrikation? Warum so eine geringe Kostüm-Stückzahl in Handfertigung? Wir könnten doch heute starten; den ganzen internationalen Marktbedarf damit bedienen." Der eifrige Werkstatt-Chef Balsam Balsamiko äußert sich daraufhin zunächst nicht; obwohl er jedes Wort der Diskussion registriert hat.

Kapitel 7: Einer dreht immer durch

Am Dorfmarkt angekommen, suchen sie zusammen das ersehnte nötige Gemüse. Zur Kostümherstellung. Der Feldfrucht mit der organischen Substanz darin. Keiner versteht sprachlich den anderen. Mit Händen und Füßen machen sie sich auf, das Gemüse zu erwerben.

Vierzig Kilo. Eingekaufte spezielle Gemüsepflanze. Damit steuern ihre Rikschas die Destillieranlage eines örtlichen Schnapsbrenners an.

Dort beginnen die Werkstatt-Mitglieder, den Inhaltsstoff herauszufiltern. Sekretärin sanfter Engel meint und hat die wissenschaftlichen Werte ausgearbeitet:

„Wir benötigen von der Pflanzenmenge, wie bildlich, zehn gehäufte Badewannen voll, um die Substanz für fünfzig Kostüme herstellen zu können. Eine normale Wasserflasche abgerungene Substanz hat sie daraus gewonnen."

Chef Balsam Balsamiko organisiert:

„Ja, ihr habt richtig gehört. Wir produzieren nun fünfzig – Schwarze-Peter-Kostüme."

Die Substanz muss gleich vor Ort verarbeitet werden, da sonst die Energie und ätherische Öle entweichen. Dass das Kostüm nicht erwacht.

Praktikantin Spargelstange packt den Drei-D-Drucker – beziehungsweise es ist eher eine Drei-D-Nähmaschine –in ihrer geschäftlich angemieteten Loggia aus. Sie beginnen die Substanzen und das mitgebrachte Garngranulat zusammenzuführen, mittels Steuerung des Druckers per Handy-App.

Die Drei-D-Maschine druckt. Es kommt ein Stoffband heraus, das noch auf Länge zugeschnitten und vernäht werden muss.

Kapitel 8: Einer dreht immer durch

Zwei Arbeitswochen sind schon beinahe unbemerkt schnell verstrichen. Somit Halbzeit der Projektphase. Dennoch war das Team nicht untätig. Die Körper der Team-Mitglieder sind von der anstrengenden Arbeit ausgezehrt. Schlafentzug. Jetlag. Und Klimaveränderung. Ungewohntes Essen. Fremde Umgebung und unbekannte Menschen, was alle schlaucht.

Werkstatt-Chef Balsam Balsamiko kann sich wieder elf Monate auf ein neues Kostüm einlassen. Oder anders gesagt: eine Denkpause einlegen. Für die weitere Planung und Entwicklung eines möglichen nächsten Faschingskostüms ...
Der Kostüm-Auftrag muss terminlich bis knapp vor Weihnachten fertig produziert sein. Die Vorbestellung geht, wie abgemacht, per Versandpaket raus. Sozusagen eine abgemachte Frist.
Das ist eine Task-Line für die Forschung, Entwicklung und Produktion des Kostüms. Der kluge Balsam Balsamiko sagt gut vorbereitet:
„Das hat bisher bei mir zeitlich immer funktioniert. Schaut mich nicht so erstaunt an. Gell, da guckt ihr ... Die Produktion ist professionell von uns vorausgeplant." Die VIP-Person Konfettiwoman setzt noch eine Zugabe obendrauf:
„Aber ihr müsst euch sputen. Wir dulden keine Schlafmützen oder Faulpelze." Spargelstange packt nach Anweisung die eine Kostümstoff-Rolle auf eine Pritsche einer Motorrikscha.
Destillieren einer Substanz aus dem Gemüse verläuft im Team durch zwei Schichten:
Die Tagesschicht übernehmen zwei Mitarbeiter: Spargelstange zusammen mit dem fleißigen sanften Engel.
Nachtschicht: Werkstatt-Chef Balsam Balsamiko und deftiges Sahnehäubchen.

Kapitel 9: Einer dreht immer durch

Die Stoffrollen sind nun bereit, um in Muster zugeschnitten zu werden. Drei Rollen Stoffbahnen.

Das ergibt fünfzig Kostüme.

Für exakt vierzig exklusive Bestellungen. Somit verbleiben zehn Kostüme als sichere Rücklage fürs Werkstattlager.

Spargelstange disponiert weiter: „Wir sind mit der komplizierten Hauptfertigung pünktlich fertig geworden. Eine nahe gelegene stillgelegte Näherei habe ich gefunden." Chef Balsamiko ungeduldig: „Telefoniert kurz. Angemietet. Auf, Mitglieder, es gibt Arbeit. Yeah."

Der träge sanfte Engel betritt die Näherei und meint: „Vierhundert Nähmaschinen auf Tischen stehen bereit." Die Gruppe schaut sich gegenseitig an. Sanfter Engel sagt, was alle denken: „Wir sind nur vier; als unsere Kostüm-Personalgruppe. Und sie sagen, dass alle vierhundert mit unserem Kostüm beschäftigt werden sollen ...“

Der Vorarbeiter der Fabrik hat Balsam Balsamiko schnell ausgemacht. Kaum dreißig Minuten später sitzen vier ... vierhundert Näherinnen in der Fabrikhalle. Nähmuster und Material sind gleich verteilt ... ratter ... ratter ... ratter ... und alle nähen in Balsamikos Auftrag.

Werkstatt-Chef Balsam Balsamiko hat die Qualitätsprüfung der Stoffrollen abgeschlossen und freigegeben:

„An die Arbeit. Bitte bedenkt: Das Vernähen der Stoffmuster muss unter reinem Schwarzlicht erledigt werden." Und Balsamiko ordnet auch noch etwas weiter an: „Bringt die nötigen Sandelholz-Raucherstäbchen zum Glühen an. Das ist wichtig.

Weiter, das fertige Kostüm muss umgehend bei Verarbeitungsende in die dafür vorgesehene Tüte und Schachtel. Diese Maßnahme kann dann sofort UV-Schutz für das Kostüm bieten. Und nicht erschrecken: Der Sound des nun ruhenden Kostüms übertönt den Moment. Szzziippp. Das muss sich so anhören ... Bei jedem Verschließen einer Kostümverpackung. Szzziippp. Uiii. Das sind vierzig beziehungsweise fünfzig verpackte SCHWARZER-PETER-Kostüme für die nächste Faschingsfeier der Kunden. An die Arbeit, fertig und los ...“

Nach zwei Stunden Durcharbeiten gilt: Fertig. Erfolg. Geschafft. Die Näherinnen sind müde und geschafft. Konzentration auf die schwierigen Anweisungen. Und die Auswirkungen der nötigen Arbeitsbedingungen sind schwierig. Die Qualität der Kostüme stets im Blickwinkel.

Die Bezahlung der vierhundert Arbeiterinnen erfolgt bar. Die Näherinnen werden umgehend in Landeswährung entlohnt. Daraufhin zeigt sich Balsam Balsamiko nach der Abwicklung mit dem Ergebnis sehr heiter und entspannt:

„Scherz: Soll ich dir drei Fremdbegriffe nennen?", dabei schaut er seine Frau deftiges Sahnehäubchen an. Sie entgegnet: „Versucht es. Ich grinse garantiert." Balsam Balsamiko: „Heißer Cappuccino, warme Dusche und der Begriff: Waschmaschine." Deftiges Sahnehäubchen belustigt: „Danke, lieber Gott. Balsam Balsamiko zeigt Humor. Im weit entfernten Land ..." Die Kostüme sind jetzt fertig. Die Kunden können bald beliefert werden. Der Termin kann eingehalten werden. Chef Balsamiko meint: „Von dem Zeitindex liegen wir um zwei Wochen im Voraus. Ich mache drei Kreuze, wenn ich meine Fleißarbeit auch noch erarbeitet bekomme." Der neugierige sanfte Engel fragt ihn frech: „Du machst wohl eine Wundertüte ...?", und will seinen Chef immer übertrumpfen.

Doch sanfter Engel meint dazu: „Nein. Bin nur neugierig." Ein pubertäres Verhalten, das allen an sanfter Engel auffällt, und Balsam sagt zu ihm: „Bist wohl Quereinsteiger. Gönne dir deine Ruhezeit. Die Arbeitsbelastung ist in unserer Werkstatt auch sehr hoch. Personalwechsel. Tagesschichten. Authentische Persönlichkeit sich wahren."

Kapitel 10: Einer dreht immer durch

Beim Rückflug zur Heimat. Was verbirgt sich hinter der Person: VIP-Konfettiwoman? Deftiges Sahnehäubchen plaudert über sie aus dem redensartlichen Nähkästchen.

Der innigste Wunsch der zwei Jugendfreunde ist die Kostümherstellung: VIP-Konfettiwoman und Werkstatt-Chef Balsam Balsamiko kennen sich schon lange und drei Tage.

Er, die Behörden-Führungsperson. Und sie, eine verheiratete Künstlerin, vorbildliche Unternehmerin und bürgerliche Erfinderin.

Konfettiwoman am Telefon, die sich mündlich einschaltet und mitarbeitet. Und auf den Erfolg des geduldigen Balsam-Balsamiko-Arbeitseifers gespannt ist.

Kapitel 11: Einer dreht immer durch!

Zurück im Heimatland. Sanfter Engel diszipliniert: „Komplett. Wir sind alle beieinander. Und zurück."

Praktikantin Spargelstange: „Mir ist ein Satz durch den Kopf gegangen: Auswandern ..."

Der flapsige sanfte Engel fragt: „Was hat dich umgestimmt?"

Spargelstange antwortet: „... Ich dachte dabei an die Restmülltonne, die ich jeden Donnerstag von der Garage an die Straße stellen muss ..."

Sanfter Engel: „Stimmt, das hätte sonst keiner gemacht ..." Und sie lachen gemeinsam herzlich.

„Balsam Balsamiko hätte es wie folgt ausgedrückt", sagt sanfter Engel: „Erst die Arbeit, dann das Vergnügen. Der Urlaub kann warten." Die Werkstatttruppe lacht amüsiert.

135

Als das Paket von Spargelstange im letzten Briefkasten eines Kunden eingeworfen wird, kommt das Team zur Ruhe. Die immer frische Praktikantin Spargelstange gelangt zu dem Fazit: „Geschafft. Wir haben unser Ziel erreicht, liebe Werkstatt-Sprecherin Konfettiwoman." Daraufhin schaut die kontrollierende Konfettiwoman von der abgehakten Kunden-Bestellungsliste auf:

„Grandios. Fabelhaft."

Die Mitglieder umarmen sich freudig. Sie stecken sich alle gegenseitig mit ihrer überschwänglichen Freude an. Kein Auge bleibt von Freudentränen trocken. Kein anwesendes Herz bleibt vom Lachen unberührt.

Kapitel 12: Einer dreht immer durch

Ein Social-Media-Messenger-Beitrag über das erste ausgelieferte Kostüm. Vor der familiären weihnachtlichen Bescherung:

Ein Kostüm liegt nun erwartungsvoll unterm Weihnachtsbaum eines Kunden. Bei einer Unternehmersfamilie mit ihrem Nachwuchs.

Szene Schwarzer-Peter-Kostüm:

Die ältere Schwester der zwei fünfjährigen Zwillinge schleicht sich an das verpackte Kostümgeschenk heran. Die Schwester bringt ihre zwei Jüngsten zum Auspacken des besonderen Geschenks. Zunächst ohne Beisein eines Elternteils. Neugierig, was sich wohl in der Geschenkverpackung verbirgt:

„Ein Verkleidungskostüm", sagt sie und erkennt ein Geschwisterchen. Und die zwei Zwillingsschwestern sind vom Geschenk gefühlsmäßig übermannt. Aber zugleich auch vom Absender angehalten, in den nächsten Tagen vom Kostüm zu lernen ...

Die zwei jüngsten Zwillingsschwestern meinen: „Das Paket gefällt mir. Tolles Geschenkpapier ... und das ist adressiert an uns drei. Auspacken. Schnell. Überraschungsfieber. Auspacken ... bevor es unsere Eltern bemerken."

Die ältere Zwillingsschwester spricht zu ihnen: „Es ist bestimmt keine große Mogelpackung. Schwer ... ja ... Da ist bestimmt etwas Interessantes darin. Ich kann es kaum erwarten. Es ist für uns drei. Auspacken. Yeah."

Eine Zwillingsschwester meint: „Da schauen wir gleich rein. Dieses Geschenk machen wir gleich auf. Wir warten nicht mehr ... was wird wohl drin sein?"

Die ältere Zwillingsschwester antwortet beim Öffnen: „... ein Kostüm ... wie es duftet ... und glitzert. – Aber es ist nicht pinkfarben ... Bin ein wenig enttäuscht ..."

Das älteste Mädchen meint: „... O. k. Ich habe es registriert, ich will immer mehr und mehr."

Daraufhin die kleine Schwester: „Ohm. Du heiratest wohl auch nicht in Weiß ... dann in einem pinkfarbenen Kleid etwa. Der neue Trend."

Die jüngste Zwillingsschwester sagt daraufhin: „... man zieht nicht die letzte Karte beim Spiel. Ich heirate in Weiß ... uiiii ... Ein Fasching-Fummel. Ich bin mir sicher, das Kostüm verändert unsere bisherige Familiengeschichte. Ich will jedoch nicht sensationsgierig sein wie unsere Älteste ..."

Als die Eltern das festlich geschmückte Wohnzimmer betreten, ist allen klar. Sie haben ein paar schöne familiäre Feiertage vor sich. Zudem die ältere Schwester. Sie kann kaum ihr spöttisches Lachen dabei unterdrücken: „Das Kostüm hat zwei Schwarze Peter ernannt. Guck, die da."

Die ältere Schwester meint weiter: „Ha, ha. Die haben das Geschenk ausgepackt. Ich habe nur das Kostüm angeschaut ... ich war es nicht ..."

Das Schwarze-Peter-Kostüm sorgt für Kurzweile. Es lässt Kinder wie beim gleichnamigen Kartenspiel miteinander spielen. Schadenfreude kennen lernen.

Familienoberhaupt sagt dazu: „... ihr Mädels seid manchmal sehr anstrengend. Ihr wisst es noch nicht besser. Und ihr müsst es spielerisch erlernen. Sagt alle: Danke. Danke an Balsam Balsamiko. Für sein originelles Weihnachtsgeschenk. Aus diesem Grund hat er alle Kostüme angefertigt."

Die Mutter der Familie sagt: „Die letzten Kostüme sind wie ein Haar in der Suppe. Seid bitte nicht so gemein zueinander."

Die ältere Schwester. Sie hat das Kostüm Schwarzer Peter nun plötzlich an und sagt: „Verzeihung. Ich lerne noch. Bin in der PUBERTÄT. Finde daher alles komisch und witzig ... Danke, dass ich euch habe. Ich sage jetzt: Treffer. Das Geschenk ist super ... Ich bleibe cool."

Der Familienvater meint: „Was für ein Weihnachtsfest. Lasst uns die anderen Geschenke unterm Weihnachtsbaum auspacken ... Frohe Weihnachten wünsche ich euch."

Um sich für Kritik an seiner Arbeit zu messen, lautet es im Social Media wie folgt: „Das Kostüm Schwarzer Peter, das kann sich sehen lassen. Das passt."

Kapitel 13: Einer dreht immer durch

Der geschäftige sanfte Engel lässt eine frühere Diskussion in der Kostümwerkstatt hochkochen. Als der geschickte Werkstatt-Chef Balsamiko persönlich beim Kostüm-Stammtisch erscheint, spricht er: „Wir erweitern unsere Kostüm-Geschäftsidee."

Daraufhin bestellt sich der spendable Herr Balsamiko in der Gaststätte am Stammtisch eine Runde gesalzene Erdnüsse und Kartoffelchips. Er sammelt sich:

„... ahhhm. Liebe diesjährige Kostümwerkstatt- Mitarbeiter. Es stehen gedankliche Ideen im Raum, das Hobby zum Beruf zu machen. Zusätzliche Arbeitsplätze daraus zu gewinnen. Doch ich lehne es ab. Ich will und kann diese Hürde nicht überhüpfen. Das ist nicht mein Geschäftssinn.

Dies wäre ein Gebäudebau auf Treibsand. Nochmals bildlich gesprochen, der Wanderdünensand würde schneller sein, als wir schaufeln können."

Der gekränkte sanfte Engel ringt nach Begriffen und zügelt sich: „... ich dachte, ich könnte die Herstellung mit zweistelligen Mitarbeiterzahlen voranbringen. Aber es ist nicht von dir gewollt, Balsam ..."

Der selbstbewusste Balsam Balsamiko meint daraufhin: „Ja, das stimmt. Ich fokussiere das nicht an. Vielleicht kommst du in ein paar Tagen selbst dahinter, warum das bei mir so behandelt wird."

Das ruhige deftige Sahnehäubchen ergänzt mit herzlichen Worten: „Freut euch über eure Gesundheit, eure Schaffenskraft. Es gibt noch etwas zwischen den Zeilen ...

Zwischen Himmel und Erde. Seid nicht unflexibel radikal."

Deftiges Sahnehäubchen meint zudem:

„Balsam Balsamiko hat da etwas, das er nicht ganz rauslässt. Das ist spannend. Ich weiß es aber auch nicht. Wir können alle darauf gespannt sein. Erzähle es ... spuck es aus ... los, Balsam ..."

Kapitel 14: Einer dreht immer durch

Etwas später. Werkstatt-Chef Balsam ergreift das Wort bei der heutigen Teamgruppe und sagt: „Wir sind Kostüm. Danke an alle Werkstatt-Mitglieder."

Das disziplinierte deftige Sahnehäubchen gesellt sich an Balsam Balsamikos Seite, und sie spricht zur versammelten Mannschaft: „Auch ich sage Danke. Und ich muss noch ein paar Worte über unseren Chef Balsam aussprechen. Ihr wisst doch, dass unser Chef, als wir schon schliefen, Pause hatte, dass er an etwas gebastelt hat ... an seinem Lebenswerk. Doch fast ein Ding der Unglaublichkeit hat er erschaffen ..."

Dem neugierigen sanften Engel entsteht ein Fragezeichen im Kopf. So auch den restlichen unwissenden Mitgliedern des Teams. Sanfter Engel traut sich vor und fragt nach mehr Details über sein Lebenswerk: „Was ist das? Was hast du erreicht? Sage uns das, die Chips sind bald aus ..."

Der fleißige Chef Balsamiko legt seine unbekannte Kostümverpackung auf den Tisch. Öffnet sie. Flattert. Und scheinbar entwischt es den Augen der Beobachter für einen Moment. Doch dann, es kleidet Chef Balsam Balsamiko zugleich ein. – Das Held-Kostüm. Das Hero-Kostüm. Die Stimmung im Team wurde gerade übertroffen. WOW.

Die vielbeschäftigte Konfettiwoman voller Freude im Handygespräch: „Das Kostüm ist ... mir fehlen die Worte ... es ist ..."
Somit war es Realität geworden. VIP-Konfettiwoman, in der Videoschaltung, ist gebannt; ist vom Geschehen hypnotisiert.

Ein allgemeines Raunen zieht spürbar für alle durch den Raum ...
Balsam Balsamiko hat es geschafft. Er hat sich ein Ziel vorgenommen und erreicht.
Das Hero-Kostüm ist exklusiv. Eine Mischung aus Uniform, vornehmem Hemd mit einem ehrenhaften Orden, untermalt es die Superkräfte des Kostümträgers, implementiert sie der ihn umgebenden Runde.

Das Hero-Kostüm ist kein unischwarzes Existenz-Dress. Ein Kleidungsstück von einer Buswerbetour als günstiges Mitbringsel. Oder ein Ladenhüter, der bei der Supermarkt-Auflösung hinten im Regal steht. Eher ein verschlumpft-freundliches Designteil. Der tüftelnde Balsam Balsamiko ergänzt und erklärt sich: „Habt ihr bemerkt und gesehen, was sich hinter der Kostümidee verbirgt?"
Der Protokollführer sanfter Engel senkt sein Haupt und bringt gerade noch folgende Worte raus: „O. k. Demut. Aufklärung. Ich

verstehe das jetzt. Du hast deine Kraft für das Hero-Kostüm verwendet. Respekt. Aber nächstes Mal lässt du mich dabei mitmachen ..."

Die gefasste Konfettiwoman sagt: „Treffer. Die Erfindung ist dir gelungen." „Applaus."

Das Hero-Kostüm entfaltet sich. Ein Zauberschleier umgibt Balsam Balsamiko. Knistergeräusche. Ein Duft von Harmonie umgibt ihn sogleich.

Seine Ehefrau meint daraufhin: „Balsam Balsamiko trägt es als Erster. Wow. Das habt ihr verstanden." Er bekommt einen Kuss auf den Mund von seiner treuen Frau Sahnehäubchen und sie erwähnt: „Das beeindruckt mich."

Kapitel 15: Einer dreht immer durch

Der Werkstatt-Chef Balsam Balsamiko greift erneut nach seinem Handy. Balsam spricht wieder mit Sponsorin VIP-Konfettiwoman: „Das Kostüm ist Wirklichkeit geworden. Ich stelle einen Verrechnungsscheck für dich aus ..."

Kumpel Konfettiwoman lenkt nach: „Was war so schwierig daran? Was hat so viel Geduld und Zeit verlangt ...?"

Der stolze Balsam Balsamiko antwortet mit Glanz und unter Freudentränen in den Augen: „Den Durchbruch brachte das Schwarzer-Peter-Kostüm. Du weißt doch, dass jedes Kostüm einer magischen Zubereitung bedarf. Das Hero-Kostüm braucht die vorausgegangenen fünf aufwendig hergestellten Substanzen; somit das Know-how von fünf vorausgegangenen Kostümen. Alle hergestellten magischen Substanzen aus der Natur der letzten Kostüme sind nötig ..."

Die faire VIP-Konfettiwoman antwortet ihm: „Du hast deinen Traum Wirklichkeit werden lassen. Du trägst das Hero-Kostüm jetzt am Körper ... zeige dich nochmals vor der Videokamera. Balsam Balsamiko, du bist unser wahrer Held. Und das Hero-Kostüm hat es für uns benannt. SCREENSHOT ... KNIPS."

VIP-Konfettiwoman flippt aus: „Jupppi", überwältigt von der Situation. Und sie trägt sogleich das Kostüm „Einer dreht immer durch": „Unser Jugendtraum ist wahr geworden. Ein Kostüm für ein Alltagsgenie. Sei es der Nachbar oder ein alter Fremder. – Ein wahrer Held, der es im Moment erfährt; durch das Hero-Kostüm. Die Kostüme haben kein Verfallsdatum. Ein Lebenswerk von Balsam, erschaffen für die Ewigkeit unserer Menschheit."

Szene: Hero-Kostüm:

Sanfter Engel fragt nach: „... was hast du mit der original Kostüm-Verpackung vor, lieber Balsam Balsamiko? Doch nicht etwa ... entsorgen ...? echt ... was ... wie ... warum ... Ohhh nee."
Der selbstsichere Balsam Balsamiko sagt: „... zack, zack ... knüll, knüll ... genauso ... schredder. Die Verpackung ist jetzt entsorgt. Zuummm ... dimm ... krsch, und eine gespeicherte digitale Datei für die 3-D-Druckmaschine ist ebenfalls vernichtet. Die letzte Meldung lautet: Die Datei aus dem digitalen Papierkorb löschen, bitte. Klick ... Das Hero-Kostüm ist nun in der Pflicht, seine Dienste am ehrenhaften Helden zu tun. Sei es für fünf Minuten. Für ein paar Tage; an einer auserkorenen Person auf dieser Erde."
„Das magische Hero-Kostüm ist fertig. Fit für alle Erdbewohner."
Deftiges Sahnehäubchen ungläubig zu Balsam Balsamiko: „Du hast die Karton-Verpackung wirklich in den Papiermüll entsorgt? Das Kostüm ist dann angehalten ... immer im Einsatz zu sein."
Der nachhaltige Balsam Balsamiko meint: „... das tut uns allen gut. Glaube mir. Wie ein umsorgter Igel im Keller, der im Frühjahr wieder ausgewildert wird. So flitzt das Hero-Kostüm los. Helfen. Retten. Frieden machen."

Kapitel 16: Einer dreht immer durch

So braust das Kostüm mit einem einmaligen bunten Feuerwerk und einem Knalllaut über den Horizont und Köpfe hinweg. Es hinterlässt eine Art Kondensstreifen, der Goldblättchen nach unten rieseln lässt. Ein zauberhafter Regenbogen über den Dächern der Stadt entstand.

Ein wohliges Gefühl durchdringt den Moment ... Stelle dir vor: Eine Stimmung wie bei einem schnulzigen Familien-Spielfilm mit eigens komponiertem Soundtrack ... mit zeitgleich einer Stimmung wie bei einem Jahrmarkt ...

Die unbeholfene Spargelstange schnappt sich ein Werkstatthandy und versucht Follower zu bekommen: „Ich berichte live von der Kostüm-Werkstatt ..."

Der erfahrene Balsam Balsamiko platziert und bedeckt mit seiner linken Hand seine Augen. Er meint: „Das ist sicherlich ein Fall für das Einer-dreht-immer-durch-Kostüm." Kaum ausgesprochen, reagieren die Gesichter der Anwesenden. Abzulesen ... und die ausgeflippte Spargelstange trägt schon ein Einer-dreht-immer-durch-Kostüm.

Die irritierte Spargelstange: „Gut, ich versuche dies normal zu schildern ...", und fühlt sich unwohl. Patzer. Und gesteht: „Ich passe. Weiter." Sie legt ihr Handy wieder zurück ...

Deftiges Sahnehäubchen schaut stolz ihren Ehemann, Balsam Balsamiko, an. Er trägt als Erster für einen Moment als Erfinder das Hero-Kostüm. Mit voller Bewunderung spricht Sahnehäubchen es laut aus, was alle denken: „Balsam ist unser Hero ..."

Kapitel 17: Einer dreht immer durch

– Die Welt und Natur im Gleichklang. Singvögel kommen aufgeregt aus den Bäumen herangeflattert. Und ein Föhnwind setzt ein. Die Regenwolken lichten sich und machen der Sonne Platz. Manch einer meint, Trompeten und Geigen zu hören. Auch ein scheinbarer Kinderchorgesang von dort hinten hallt ... Es versteht das zuschauende Publikum mehr und mehr: Balsam Balsamiko ist der Mittelpunkt. Da. Schaut:
„Balsam Balsamiko ist heute unser aller Held."
Zahlreiche kleine Windrosen wirbeln Heu auf den Feldern auf. Ängstliche Eichhörnchen, verspielte Waschbären und scheue Rehe tollen sichtbar entspannt in den nahe gelegenen Feldern und auf den Wiesen herum. Sommerblumen erblühen. Kirschbäume beginnen zu blühen ...
Die Zuseher lassen es Balsam Balsamiko wertschätzend spüren. Jeder bekommt dabei Gänsehaut. Sie fühlen Kraft der Zugehörigkeit und gelebten und geteilten Ruhepol. Eine herzliche Wärme umgibt sie alle. Und sie füllt ihr Herz. Ein Gefühl der Zusammengehörigkeit macht sich breit.

Kapitel 18: Einer dreht immer durch

Der weise Balsam Balsamiko beobachtet und sagt: „Dafür arbeite ich. Das passt so."
Die begeisterten Fans haben vergessen mit ihren Handys in der Hand Balsam Balsamiko zu fotografieren. Alle staunen gebannt und fassungslos Balsam Balsamiko mit seinem Hero-Kostüm an. Wow ... Das ist ein großes Gefühl in den Worten von Balsam Balsamiko ...

Alter und Größe des Kostümträgers oder der Kostümträgerin sind dem Hero-Kostüm dabei Nebensache. Jeder kann Träger eines Hero-Kostüms werden. Die Herkunft oder gar das

Aussehen sind Nebensache. Es zählt nur das, was das Herz des Trägers ist, im Inneren eines Menschen erschaffen hat. Was er Positives für das Wohl seiner Mitmenschen erschaffen hat. Balsam, ein wahrer Hero-Kostümträger:

Ein magischer Hero-Moment. Es lässt alle nur staunen. Der lässige Balsam Balsamiko informiert VIP- Konfettiwoman in einer Video-Schaltung: „Ich bin halt noch ein Kerl. Das passt. Genau so. Danke, liebes deftiges Sahnehäubchen. Den Tag teilen wir uns mit allen. Danke dir, liebes Sahnehäubchen, für deinen Rückenwind, deine Liebe und danke für alles. KNIPS: Balsam und das Hero-Kostüm", und er hat das Verlangen und nimmt seine Frau in seine Arme.

Nach geraumer Zeit löst sich das Hero-Kostüm wieder in Luft auf. Und verfliegt in Unsichtbarkeit. Zum nächsten Dienst an einem Helden.
Jedoch das Gefühl in den Köpfen und Herzen der Augenzeugen ist eine lebenslange schöne Erinnerung geworden. Die Erinnerung ist ihnen sicher. Diese ist geschützt. Die kann nicht mehr weggenommen werden. Der Gedanke an diesen Moment gibt einem Halt über Jahre.

Zwar für manchen ein ganzes Leben lang ...
Ihr wisst ja dann ... Held ... dann Frau ... dann Kinder und ... dann nimm mich mit ... dann lasst mich in Ruhe ... aber nicht der unternehmerische Balsam. Da kennt ihr ihn noch nicht ganzheitlich.

Das verwunderte deftige Sahnehäubchen behauptet: „Wow. Und mit ihm habe ich ein Kind zusammen. Amazing. How he is." Die dankbare VIP-Konfettiwoman sagt daraufhin zu Balsam: „Was für eine schöne Memory." Balsam Balsamiko meint: „Ein fast himmlisch überirdisches Gefühl beflügelt die anwesenden Werkstatt-Mitglieder. Ein überirdischer Segen. Bin beeindruckt." Balsam Balsamiko ist wirklich – ein Held der Stunde.

Kapitel 19: Einer dreht immer durch

Kostüm-Werkstatt-Fest: Die gewürfelte diesjährige Produktionsgruppe „Schwarzer-Peter-Kostüm" trifft sich noch einmal, zu einem Rückblick, um sich nochmals zu begegnen; um sich von den gemeinsamen Arbeitswochen und einzelnen Arbeitsmitgliedern zu verabschieden.

„Auf, wir haben eine Menge vor uns. Unser Hobby ist nicht alles. Wir machen uns mit vollen Kräften an die eigentliche Arbeit. Was für einen Erfolg und Glück wir haben. Den Segen der Dankbarkeit vom neuen Kostüm. Auch das Kostüm Schwarzer Peter ist uns sicher. Treffer."
Die schwangere Sahnehäubchen: „Für uns und für unser gemeinsames Kind. Das Hero-Kostüm ... es ist traumhaft. Magisch. Einmalig. Gelungen."
Liebe Leserin und Leser, geben Sie alles. Die ganze unterstützende Kraft. In jedem Moment. Selbstschutz und Selbstachtung vorausgesetzt; dann klappt dies auch mit dem Hero-Kostüm-Tragen. Dann sind Sie im Hero-Träger-Kreis willkommen. Wie ein Friedens-Nobelpreisträger-Kreis. Wie ein Bundesverdienstkreuz. Das Kostüm würdigt den Träger. Vielleicht hast du es schon einmal getragen und du hast es nicht bemerkt ... jedoch deine Eltern oder Freunde ..."

Kapitel 20: Einer dreht immer durch

Die Erfahrung über und mit dem Einer-dreht-immer-durch-Kostüm ist peinlich. Schon zwei Stunden Gartenfest, und keiner ist bisher mit dem Einer-dreht- immer-durch-Kostüm blamiert aufgefallen.

Im Grünen. Die kleinen fiesen Käferchen und piksenden Etwas wären schon Grund genug, sich zu ärgern. Doch auch kürzlich vergangene Bürowochen vergingen, währenddessen hat keiner mehr das Einer-dreht-immer-durch-Kostüm getragen. Pasch.

Der genervte sanfte Engel klatscht eine Stechmücke auf seinem Oberarm platt. Spargelstange beobachtet ihn; Sekretär sanfter Engel bleibt dabei cool. Nicht auffallen. Es ist nur eine Mücke. Treffer.

Der zurückhaltende sanfte Engel schaut mit einem Blick und dreht seinen Kopf nach links, rechts und wieder links; ob ihm jemand seinen Ärger über den Stich deswegen ansieht ... Glück gehabt. Anscheinend niemand.

Er entdeckt vor ihm die Praktikantin Spargelstange ... Blickkontakt. Jedoch, sie gibt im Klein ?...

Niemand trägt ein Einer-dreht-immer-durch-Kostüm. Sekretär sanfter Engel meint leise: „Ufff, Glück gehabt ... puste einfach nächstes Mal. Dann surrt die Mücke von selbst wieder davon. Denke dich jetzt über den Stechschmerz hinweg und sag ihm vor: ‚Ich stehe in der Nahrungskette über dir, liebe Stechmücke. Jami, jami.'"

Bis auf ... bis auf den Hund namens Wufi. Er beginnt heute vor Freude mit der Band mitzuheulen. Er hört nicht mehr auf zu jaulen ... Sichtkontakt ...

nein. Darf das sein ...

Der Hund ... der Hund hat ... er hat das Einer-dreht-immer-durch-Kostüm an ... und heult und jault dabei.

Die Festgäste verbuchen das Geschehen während des Festes als heiter-gelöste Erfahrung: „Was für ein gelungenes Fest", Herrchen sanfter Engel ruft Wufi heran: „Ja, darf das denn wahr sein ... Wufi ... du ... du ...", und der Hund ist außer sich. Er wedelt und juckst wie vollbetrunken herum, „du hast ein Einer-dreht-immer- durch-Kostüm an."

Kapitel 21: Einer dreht immer durch

Die versammelte Fan-Gemeinschaft von Kaufbeuren im Festivalsaal und vor den Hallentüren ist begeistert. Die meisten kennen nun sowohl das Einer-dreht-immer-durch-Kostüm als auch das neue Hero-Kostüm vom Hörensagen. Unter anderem von kurzen Videoclips auf Videoplattformen und Foto-Online-Präsentationen.

Deshalb bleiben Balsams Fans heute ruhig und gelassen. Seine Fans haben von den Fasching-Kostümen gelernt. Das Leben ist nicht mehr denkbar ohne ...
Ein paar Große werden zum Werkstatt-Chef Balsam Balsamiko vorgelassen.
Kostüm-Fans bedanken sich mit Worten wie folgt: „Ich bin beeindruckt, Werkstatt-Chef Balsam Balsamiko. Du hast mir gezeigt, was es bedeutet, Hero-Kostümträger zu sein.

Dafür versuche ich nun, deine irdischen Wünsche zu erfüllen ... Und dir in meiner Urlaubszeit zu helfen ... du bist mein Vorbild im Leben. Du bist ein wahrer Held. Ich bin nun deine liebe Fee. Du sollst nun von mir belohnt werden."
Der gelassene Balsam Balsamiko gibt sich erleichtert: „Das bedeutet es – zu geben. Danke."
Balsam richtet sich wieder an alle und sagt: „Gebt alle unserem Hero-Kostüm die Gelegenheit, sich zu zeigen. Macht, dass wir uns gegenseitig unterstützen ... wieder und immer wieder. Dann grüßt mir unser Baby – aus der Ehe mit meiner Frau deftiges Sahnehäubchen."

„Wir bleiben einfach cool ... und schickt mir eure Selfies: Mit dir und dem Hero-Kostüm ... und denk dran, ich bin einer von euch Kleinen.
Wenn ihr mich entdeckt, dann denkt dabei, dass viel Arbeit im Hero-Kostüm verborgen steckt. Sei nicht gemein zu mir. Mache mich nicht fertig. Lass mich leben. Hilf mir. Wir haben zu zweit auf einem Selfie Platz. Lasse mich in dein Leben einblicken. Kostüm für die lebendige Ewigkeit auf unserer Erde.

Ich HÖRE im Schlaf dem Hero-Kostüm zu. Ich bin gespannt, was das Hero-Kostüm mir von dir erzählt. Aus deinem Leben; als du einen öffentlichen Gipfelpunkt erreicht hast. – Sich das Hero-Kostüm an dir zeigt. Dich würdigt. Dich ehrt.

Ich betrachte mir dann dein Hero-Kostüm-Foto. Dann sage ich bestimmt laut: „Hei, ein Hero. Ami."

Happy End

Lebenslauf von Ralf Walk

Qualifizierung mit Schwerpunkt Literatur

von 1976 bis 1993	Aufgewachsen in Munderkingen a. d. Donau
von 1993 bis 1996	bei Ulm ; und Realschulabschluss
	Robert-Bosch-Schule. EVO-Bus-Abschluss
	als KFZ-Elektriker mit Lehrzeitverkürzung.
	Einjährige Metallausbildung. Selbständiges
von 1996 bis 1999	Studium Religion als Wissenschaft.
	Erster Abschnitt: Zivildienst: Spielbus e. V. in
von 1999 bis 2002	Freiburg i. B. Gasthörer Philosophie-
	Fakultät.
	Halbes Jahr Indien; Selbststudium: Film und
	Philosophie. Besuch Universität in Vārānasi
	und Bollywood Studios in Kalkutta.
von 2002 bis 2006	Zweiter Abschnitt: Zivildienst: Spielbus in
	Freiburg i. B.
	Berlin-Kolleg zur Erlangung der Allgemeinen
	Hochschulreife. Ohne Abschluss.
	LKW-Führerschein in Freiburg i. B.;
	Busführerschein in Berlin absolviert.
	Hochschule für Film und Fernsehen in
	Babelsberg, Bewerbungsgespräch,
	Abschlussfilm Primären und Vorlesungen
	besucht.
	Mitglied Amerikanischer- und Staats-
	Bibliothek in Berlin;

von 2006 bis 2016	Tätigkeit im Familienbetrieb: Linien- und Reiseverkehr-Busfahrer, Disponent, Kasse , Geschäftskorrespondenz. Programmierung eines Disponenten-Excel-Programmes. Omnibusverkehrsbetriebsleiter – mit IHK-Abschluss. Selbst 12 Stunden Linienverkehr 4 Jahre gefahren. Tägliche Disposition von Fahrer und Bussen.
von 1991 bis 1994	Selbständiger Kamera-Verleih Inhaber: www.camera-to-rent.com. Selbst aufgebaute Internet-Präsentation. Schwerpunkt: Open Air-Konzerte, Hochzeitsvideos, Musikfestivals. Zweitkameras und Bewerbungsfilme für Industrie. Erster Vorstand im Pfadfinder-Verein in Munderkingen (80 Mitglieder). Mitglied beim Kreisjugendring. Bundeszeltlager und
von 2016 bis 2019	Seminarbesuche im Bundesverband Genehmigungsverfahren der Hochschulzugangsberechtigung
von 2020 bis 2022	Psychologiestudium an der Universität Hagen/Studium ohne Abschluss. Erstes Buch: Meditation und Psychotherapie. Buchveröffentlichung: Kaufbeurer Heftchen 1 Kaufbeurer Heftchen 2

Pocket Museum Gallerie

Bilder von Bernhard Schmid

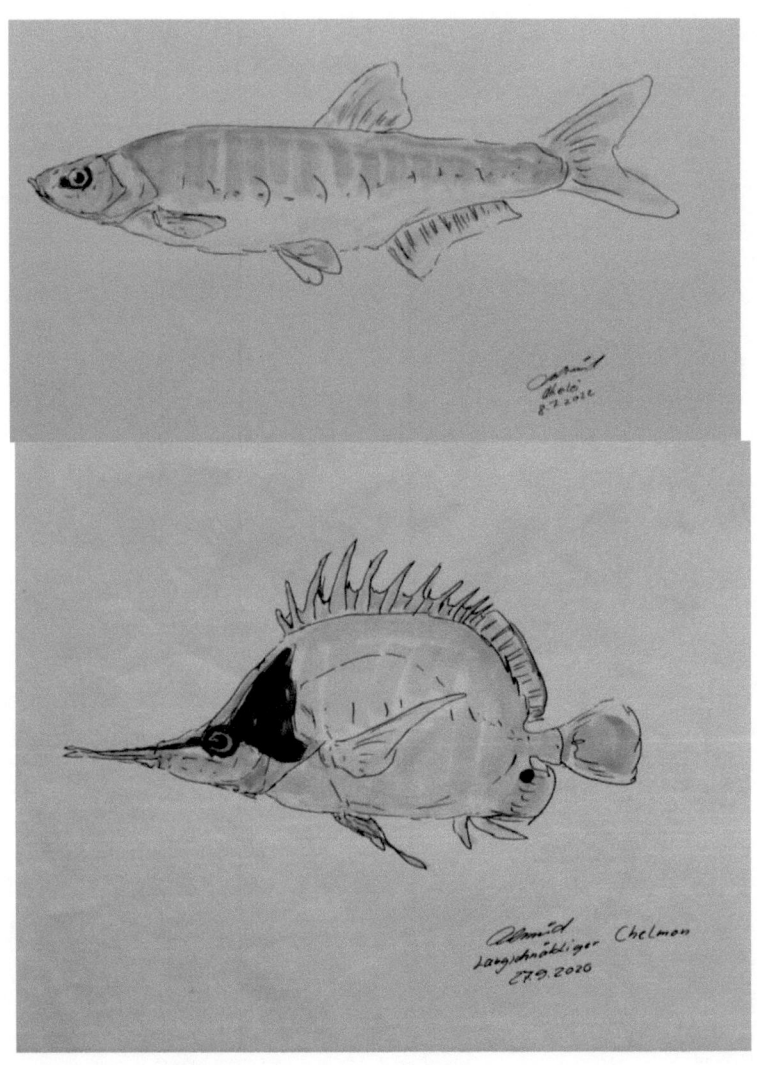

Langschnäbliger Chelmon

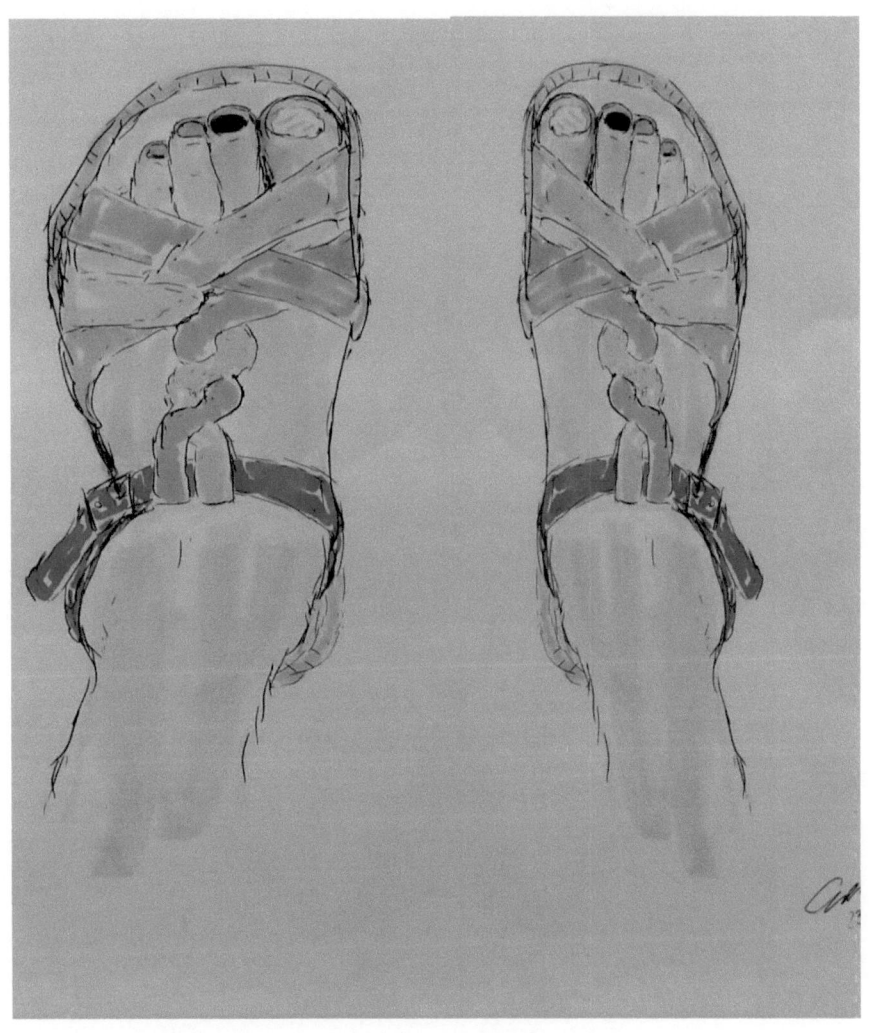